El materialismo histérico

Xavier Velasco

El materialismo histérico

Fábulas cutrefactas de avidez
& revancha

EL MATERIALISMO HISTÉRICO
D. R. © Xavier Velasco, 2004

ALFAGUARA MR

De esta edición:
   D. R. © Santillana Ediciones Generales, S.A. de C.V., 2004
   Av. Universidad 767, Col. del Valle
   México, 03100, D.F. Teléfono 54207530
   www.alfaguara.com.mx

- Distribuidora y Editora Aguilar, Altea,Taurus, Alfaguara, S.A.
   Calle 80 No. 10-23. Santafé de Bogotá, Colombia
   Tel: 6 35 12 00
- Santillana S.A.
   Torrelaguna, 60-28043. Madrid
- Santillana S.A., Avda. San Felipe 731. Lima.
- Editorial Santillana S.A.
   Av. Rómulo Gallegos, Edif. Zulia 1er. piso
   Boleita Nte. Caracas 1071. Venezuela.
- Editorial Santillana Inc.
   P.O. Box 5462 Hato Rey, Puerto Rico, 00919.
- Santillana Publishing Company Inc.
   2043 N. W. 86 th Avenue Miami, Fl., 33172 USA.
- Ediciones Santillana S.A. (ROU)
   Javier de Viana 2350, Montevideo 11200, Uruguay.
- Aguilar, Altea, Taurus, Alfaguara, S.A.
   Beazley 3860, 1437. Buenos Aires.
- Aguilar Chilena de Ediciones Ltda.
   Dr. Aníbal Ariztía 1444.
   Providencia, Santiago de Chile. Tel. 600 731 10 03
- Santillana de Costa Rica, S.A.
   Apdo. Postal 878-150, San José 1671-2050, Costa Rica.

Primera edición: noviembre de 2004

ISBN: 970-770-046-7

D. R. © Diseño de cubierta: Sergio Gutiérrez Flores, 2004

Impreso en México

Índice

Para Alicia y Xavier,
autores materiales del autor.

"Solamente absteniéndose de pagar sus facturas tiene uno la esperanza de vivir en el recuerdo de las clases comerciales."
Oscar Wilde,
Frases y filosofías para el uso de los jóvenes.

"Tengo un corazón de oro y un montón de dinero para combinar."
Albert Spica, según Peter Greenaway

"¡Vamos!... ¡si el que <u>no tiene</u> ni siquiera <u>es</u>!"
Manolito, el de Mafalda

La venus de los cheques

La conocí en alguna mañana melancólica, y así aprendí que las tristezas matutinas son también sobornables. Sé que otro en mi lugar habría dado media vuelta no bien hubiera oído lo que yo escuché, pero aquella propuesta sonaba tan torcida que la curiosidad pudo más que el horror.

No quedaba una sola promesa en sus pupilas, solamente amenazas. Una de esas miradas de las que no se sale fácil, como si dentro de ella se hallara algún botín largamente anhelado, de modo que dejar de mirar a esos ojos era temer en riesgo el porvenir entero. Bastaba con entrar apenas en materia para que los cuchillos húmedos de sus pupilas contrabandearan luz y traficaran quimera por las otrora herméticas aduanas del alma. Entremos pues allí, en materia quimérica.

Nada en esa mujer era gratuito. Y no quiero decir que hubiera en cada gesto una razón, aunque sí un precio. Números fríos, cerrados, brutalmente sinceros. Si quería invitarle un café, tenía que pagarle cien pesos. Aunque, claro, el café correría por su cuenta. Si quería saber su nombre, serían cien más. Y a cambio de su número de teléfono había que desembolsar trescientos. Tendría derecho, además, a un pastel, una dona y diez minutos de conversación telefónica.

Como digo, muchos en mi lugar se habrían alejado de inmediato. Pero quise quedarme, y así escuché la oferta en todo su esplendor: por tratarse de mí, me lo dejaba todo en doscientos cincuenta. Dona, café, pastel, llamada, nombre. ¿Y si le daba mil, qué obtenía a cambio? No quise preguntarlo. Por más que aquella extraña honestidad tarifaria me remitiera a esas mujeres que desde tiempo inmemorial prestan servicios similares, aunque intensivos, en sus ojos había un mensaje distinto. Y eso lo comprobé cuando, ya aguijoneado por la curiosidad, decidí darle los doscientos cincuenta.

Hablamos durante exactamente seiscientos segundos, más que buenos para que no quedara lugar a dudas: ella era una mujer como todas. Tenía amigos, iba a fiestas, vivía con su familia. Sólo que, a diferencia de tantas hijas de familia convencionales, detestaba el estira-y-afloja de las parejas ordinarias. Era, en cierto sentido, una anticuada. Incapaz de besar a nadie en la primera cita, tenía un concepto muy estricto del ritual de cortejo y noviazgo. Tanto que se regía por tarifas precisa y cuidadosamente escalonadas.

Si me daba por invitarla al cine, la cuota era de quinientos pesos, con derecho a sala VIP, un chocolate, un refresco mediano, estacionamiento, diez litros de gasolina y una amena conversación de quince minutos al término de la película. Y si después de esa salida me interesaba aún volver a verla, por un pago adelantado de mil pesos se dejaría invitar a comer. Y a la tercera cita podíamos cenar por la misma tarifa, primer beso incluido.

¿Qué clase de inmoralidad era ésa? ¿Me estaba hablando en serio? Sí, absolutamente. Sus ojos me seguían con lo que un vanidoso habría llamado *sincero interés*, si bien temí que fuese interés compuesto. Pero, ¿qué prefería? ¿Echar a la basura los doscientos cincuenta pesos que ya había invertido, y de los que no pude recuperar más que un café, un pastel y una dona, o seguir invirtiendo, como lo haría con cualquier otra? Claro que *cualquier otra* no me habría cobrado por adelantado, pero si lo veía con calma venía siendo igual, y hasta mejor. La única diferencia estaba en que al momento de salir con ella yo dejaría de pensar en el dinero para concentrarme en lo importante, que por supuesto éramos nosotros. Además, su sistema era un antídoto contra el machismo: a cualquier lugar que fuéramos, sería sólo ella quien sacara la cartera. Yo, que ya había pagado por el paquete, me entregaría por entero a gozar de su dulce compañía. Un genuino *all-inclusive*, sin ilusiones vanas ni decepciones fáciles.

Sus argumentos eran casi impecables. Y digo casi porque, ya haciendo cálculos, noté que sus tarifas habían sido infladas en un cien por ciento. ¿Era justo que exprimiera de esa forma tan cínica a quien sólo se interesaba en conocerla, y eventualmente hacerla sonreír? (Debo decir que las sonrisas las prodigaba sin cargo alguno, como quien promueve sus productos repartiendo muestras gratuitas.) En cuanto a las tarifas, éstas tenían una razón de ser: mientras otras mujeres se prodigan en cumplidos no siempre verosímiles, la tarifa elevada tenía la ventaja de garantizar la satisfacción de mi pareja. ¿O no es cierto que un verdadero enamorado pagaría con gusto el doble o hasta el triple de cada cantidad con tal de estar seguro de que hizo un buen papel?

¿Cómo se hace para, bajo estas condiciones, convertirse en un verdadero enamorado? Es cuestión de costumbre. Al principio, sus métodos me hacían avergonzarme de mí mismo. Eso de ir a depositar el dinero en su cuenta, luego enviarle la ficha de depósito por fax, para dos días después poder salir con ella, era aún más incómodo que mirarla pagar todas las cuentas, y soportar que en cada uno de los lugares a los que íbamos me miraran como a un cafiche de ocasión. Comencé a acostumbrarme por ahí de la cuarta cita, tanto que en poco tiempo me resultó natural, y de hecho muy cómodo. Sobre todo desde que nos hicimos novios, gracias a un auspicioso plan de financiamiento que mi chica diseñó especialmente para nosotros.

Un noviazgo no es para tomarse a la ligera. Se corre el riesgo de sufrir decepciones, perder el tiempo, hacer un mal negocio. Y eso de entrada incrementaba los costos. El día que le declaré mi amor, sólo dijo: "No sé, voy a pensarlo", y echó mano de la calculadora. Poco rato después, me expuso en un papel la situación: si nos hacíamos novios, las tarifas por salida subirían al doble. Pero en vista de que ella no deseaba terminar con una relación tan bonita, podía darme un crédito del cincuenta por ciento. Es decir que si yo le firmaba un pagaré por la mitad de la nueva tarifa, bastaba con que depositara la otra mitad en su cuenta y listo: salíamos como novios. El contrato, además, incluía una cláusula de exclusividad: seguro contra cuernos completamente gratis. ¿Quién más me daba esas facilidades?

No he olvidado la tarde en que llegué a verla con la fianza en la mano. La revisó con calma, certificó el respaldo para los próximos treinta y seis cheques y me ordenó muy quedo, con los párpados entornados de pasión, que la besara ya, sin cargo extra. ¿Cómo no despeñarse por un amor así, cuando con cada pago se tiene la certeza de una correspondencia en números negros? Cierta vez, cuando la nube de una duda inoportuna empañó brevemente nuestro idilio, me atreví a preguntarle cuánto me quería. Como en nuestros momentos electrizantes, mi novia procedió a sacar la calculadora y recitarme alguna suma astronómica: exactamente lo que yo estaba debiéndole, más los correspondientes intereses moratorios. ¿Todo eso me quería, de verdad? Una semana después, nos casamos.

Hoy las mañanas tristes me salen muy caras. Mi esposa me hace un cargo sin derecho a crédito por cada mala cara que pongo. En cambio, las sonrisas me valen un descuento especial en sus servicios. Además he renegociado mi deuda. Hoy debo mucho más, y claro: ella también me quiere mucho más. Cada día primero de mes, cuando los intereses se capitalizan, su mirada se funde con la mía en una comunión tan absoluta que me viene el impulso animal de echarle encima todo un fajo de billetes y acabármelo entero, de caricia en caricia. A falta de billetes, le firmo un nuevo cheque posfechado que me da acceso a largos raptos de pasión, en los cuales ella estimula mis hormonas hablándome al oído de réditos y multas en exceso. Se le corta el aliento, se le enturbia la vista, le tiemblan las rodillas cada vez que menciona todo lo que le debo, con las quijadas tiesas y los dientes vibrando del rechinido al relincho. Por mi parte, la vuelvo loca desglosándole una por una las lujuriantes cantidades que nos unen. Y ella entonces me corresponde con descuentos crecientes y lascivos, hasta que nuestros números se borran en una mar picada de pasiones jugosas, indómitas y, ay, incalculables.

A veces, cuando nuestros amigos hablan sobre los nobles sentimientos que los unen a sus queridas parejas, les digo que el amor es una deuda que crece cada día, pero nunca se acaba de pagar. Oigo entonces a sus esposas suspirar honda, ensoñadamente, como hace todo el mundo cuando mira pasar a una quimera.

El origen de los hospicios

Juraría que yo no quepo en este mapa. Estoy solo en mi coche, ante las puertas de un supermercado; contemplo el panorama como quien se entretiene succionando largamente una pipa. Digamos que me estoy fumando la escena: frente a mí, un cariñOsito estira la mano y se la ofrece a cada niño que pasa. Reparo en el disfraz: la tela es gruesa, lleva mucho relleno; es incómodo, sofocante, pesado. Pero a los más pequeños les atrae con la fuerza de un juguete importado.

Hace calor, la escena es infernal. A un lado del cariñOsito se ha instalado un odioso locutor que repite la oferta del día como un zombi entusiasta: tres cajas de cereal por el precio de dos. No muy lejos de ahí, se oye otra voz montada encima de una vieja canción infantil, invitando a los niños a participar en un concurso. Pienso en el pobre tipo del disfraz y me da vértigo. Debe de sentir náuseas sólo de contemplar una asquerosa caja de granola. Pero ahora su rostro es una ancha sonrisa, de modo que a los pequeñines les tiene sin cuidado quién sea, cómo se sienta o qué carota tenga la bestia que resopla debajo del disfraz. A juzgar por los movimientos de su cuerpo, se diría que rebosa algarabía, pero hay un ingrediente que casi nadie advierte: esa persona oculta, cuyo rostro jamás vamos a ver, está pensando una vez más en darse un tiro.

La función comenzó cuando llegó aquel niño pelirrojo, paletita de dulce y camiseta de Batman. Debe de tener diez, once, los años suficientes para no saludar ya al cariñOsito. O más bien los bastantes para darle los buenos días de otro modo: cada vez que el muñeco le da la mano a un niño, el pelirrojo viene y lo patea. Su técnica, hasta ahora infalible, consiste en tomar vuelo a sus espaldas, soltar el patadón y desaparecer antes de que el osito, que con trabajos puede ver y caminar, logre dar media vuelta y trate de ubicar al agresor. Durante la última media hora le habrá soltado quince, veinte puntapiés. Muy bien puestos, algunos. Pero ahí no termina el suplicio; no conforme con esculpirle una constelación de moretones en las corvas al infeliz anónimo, el malnacido escuincle pasa cerca de él y lo pincha con un alfiler, cuando no lo pellizca con saña de sicópata asumido. Todo ello desde la absoluta impunidad, porque el cariñOsito no ha logrado siquiera mirar al felón. Tal vez piense que no es un niño, sino un batalloncito de desequilibrados. De hecho, el pelirrojo no es el único que ha pateado al cariñOsito. Otros niños, de paso por la entrada, lo golpean discreta y certeramente. Pero este pelirrojo es sistemático: un cazador furtivo de cariñOsitos.

La gente piensa que el osito baila de alegría, pero cualquiera que se pare un minuto a contemplarlo descubrirá que son los movimientos de alguien intensamente adolorido. Claro que casi nadie se detiene, y los que lo hacen plantan una sonrisa tan grande como la del disfraz. ¿Quién tiene tiempo para imaginar que en plena entrada del supermercado acontece un feroz y despiadado tormento?

Lo que la gente piensa y va a seguir pensando es que ese niño pelirrojo es un ángel de bondad y aquel cariñOsito un símbolo de inocencia. Si yo en este momento saliera de mi coche y fuera a zorrajarle una buena docena de coscorrones al pequeño maleante, seguro que la gente se me echaría encima. ¿Cómo osa semejante labregón pegarle al querubín pelirrojito?

Observemos con calma: este supermercado está sitiado. Hacia donde uno mire aparecen las promociones para niños. Muñequitos, cereales, concursos, ofertas: todo para los reyes del hogar. El pelirrojo infame sabe bien que está libre de peligro, agazapado tras la inmunidad que le da su cobarde tamaño. Porque según el mundo entero parece estar de acuerdo, todo lo que no pasa del metro y medio es inofensivo. Si eso es verdad, que alguien vaya ahora mismo y se lo diga al cariñOsito, que otra vez ya está dando brincos en el aire porque el pelirrojito tuvo el detallazo de estamparle un carrito de compras en medio tendón. Mírenlo cómo salta, comprueben su expresión imperturbablemente cariñOsita. Afortunadamente, cuando se meta un tiro lo hará sin el disfraz: a todo el mundo le partiría el corazón ver al cariñOsito balaceado debajo de un paso de peatones, pero al día siguiente llegaría otro a calzarse el disfraz. Los cariñOsitos son como la esperanza: nunca mueren.

Esta vez el cariñOsito no está solo. Vine hasta aquí pensando en hacer unas pocas compras urgentes, pero al cabo de un rato cambié de opinión: he decidido entrar en el paisaje. Me siento fuerte, duro, terminante como el prefecto de un antiguo hospicio. No dudo que el cariñOsito esté implorándole piedad al Cielo, y estoy dispuesto a ser El Humilde Instrumento del Señor.

Para transfigurarse en arcángel vengador no es preciso siquiera bajarse del corcel. Prendo el motor, arranco, salgo del estacionamiento y vuelo hacia el semáforo, donde tres niños pobres recolectan monedas vestidos de payasos, haciendo equilibrismos durante la luz roja. Sin más preámbulos, les hago la propuesta: *Ni una moneda más, billetes para todos si me ayudan a hacer el trabajito.* Un encargo sencillo, raudo, sin complicaciones. En cuestión de segundos los recluto, suben al coche y vamos juntos hasta el supermercado. Me estaciono muy lejos de la entrada, pero aún alcanzo a ver cómo el niño pelirrojo le zorraja al cariñOsito un nuevo patadón y corre a guarecerse tras los coches. Siempre los mismos coches: un par de camionetas que le dejan sentirse perfectamente a salvo.

Pero nada hay perfecto en la viña del Señor. Cuando el infecto pelirrojo regresa al ataque, ya hay tres payasos de su misma rodada esperándolo entre ambas camionetas. No bien corre a esconderse, lo reciben tapándole la boca a cuatro manos y proveyéndole a obsequiosa mansalva las patadas más suculentas que alguna vez mis córneas paladearon. El trato ha sido por treinta puntapiés, pero me temo que le han dado más del doble. En todo caso no llevé bien la cuenta, o al cabo la he perdido de la emoción. ¿Quién no ha probado al menos una vez, en el llanto desgarrador de un niño escrupulosamente aborrecido, el néctar de una tersa revancha almibarada? ¿Quién osaría negar que los niños ajenos son mejores después de disecados? Detrás, los altavoces cantan alegremente: *Si los niños gobernaran al mundo...*

Ya en el coche, los payasitos se apresuran a cobrarme las patadas extra. Según ellos, les debo ciento veintisiete. Y para que no quede lugar a confusiones, me amenazan: si no les pago las patadas que les debo van a darme otras tantas enteramente gratis. Calculo que quizás podría contra los tres, pero no quiero imaginarme el espectáculo que ofrecería golpeando a media calle a tres niños vestidos de payaso. Les pago el excedente y regreso al supermercado. No traigo ya el dinero de las compras, pero me queda un mensajillo por transmitir. Cerca de la salida, una empleada consuela al pelirrojo, que todavía no para de chillar, al tiempo que el cariñOsito posa para una foto con dos niños sonrientes. Entonces me le acerco y susurro en su oído:

—Pssst... Los tres niños que te estuvieron pateando trabajan de payasos en el semáforo de la esquina.

De pronto el aludido se sobresalta, pero cuando por fin logra volverse hacia atrás, he desaparecido de la escena. Con la satisfacción del deber cumplido y una alegría casi inexplicable, me dispongo a dejar el supermercado, pero en ese momento me asalta un sentimiento infantil. Doy marcha atrás, me ubico a un par de metros del cariñOsito, jalo aire, tomo vuelo y le receto en el trasero el patadón de su vida.

No sé por qué lo hice. Corro como un endemoniado hacia mi coche, pero veo que un par de policías ya viene tras de mí. Van a agarrarme, eso es seguro. Abro la puerta, salto hacia la cabina y justo en ese instante suena un ring. Y otro ring. Y otro ring.

—¿Aló?

—¿Qué esperas, CariñOso? ¿Ya viste qué hora es? ¡Ponte el pinche disfraz y vente a trabajar!

Siempre pasa lo mismo. Sueño que tengo coche, que soy mi propio arcángel, que los malditos niños no gobiernan al mundo. Y me despierto así, empapado, como un niño. Sé que me porté mal: deliro bribonadas, humedezco las sábanas y pienso una vez más en meterme ese tiro. Queridos pequeñines, no lo duden: merezco cada uno de mis moretones.

Por unos pagarés más

Amigos accionistas:

Nunca creí que el Infierno me salvaría del Purgatorio. Uno echa a andar las soluciones impensables cuando sus ambiciones han sido sustituidas por algún crudo instinto de supervivencia. Necesitaba salir de mi problema, y hasta donde podía ver no existía la salida. ¿Qué hacer cuando se mira uno cautivo dentro de una burbuja de plástico irrompible? Romperla, por supuesto. Porque en mi caso la burbuja la había construido yo, y si he de remitirme a la experiencia, todo lo que yo hago se rompe. Eso pensaba a modo de consuelo mientras luchaba por librarme de aquella burbuja elástica que se hacía más densa y más estrecha en la misma medida que mis problemas crecían y se multiplicaban.

Los problemas integran una tribu solidaria: por distintos que sean, se entienden, colaboran, se echan la mano unos a otros. Si el moribundo ya está por salvarse de un problema respiratorio, llegan la insuficiencia cardiovascular y la oclusión digestiva a apoyar las demandas de su socio: los problemas se juntan en pandillas para que no podamos librarnos de uno solo. Me habían despedido de mi trabajo en el banco justo cuando tenía la tarjeta de crédito hasta el tope. Y en vista de que mi sueldo era injustificadamente alto, ese tope parecía una cosa escandalosa para cualquier desempleado sin esperanzas. ¿Qué hacer cuando no queda nada por hacer?

No hay que ser financiero para entender que el método más rápido para resolver los problemas de una tarjeta de crédito trabada consiste en sacar de inmediato otra tarjeta de crédito. Pero así como hay otros que no se cansan de llenar sus alcancías, habemos quienes nos especializamos en poner hasta el tope las tarjetas de crédito. Al principio, cada nueva tarjeta me servía para dos cosas: con la mitad del efectivo disponible amortizaba un poco de las deudas de las demás tarjetas, y el resto lo gastaba como un sueldo. Ese método es bueno con cinco, seis tarjetas, pero una vez que pasa uno de la décima se imponen estrategias avanzadas. Como sacar prontísimo la once, la doce, la quince, antes de que comience la hecatombe.

Claro que no es lo mismo una tarjeta que otra. Unas permiten obtener dinero en efectivo, otras sólo están hechas para comprar. Las hay locales e internacionales, sujetas a límites holgados o estrictos, con intereses ratoneros o leoninos. La diferencia básica está en el pago: mientras unas exigen cuotas mínimas, otras piden que lo liquide uno todo en treinta días, y si no lo hace comienzan a llamarle con insistencia de usurero en celo. Una vez que me había lanzado a correr el maratón contra el viejo cornudo del trinche, advertí que necesitaba de un sistema. Sabía que más tarde o más temprano sobrevendría el colapso, y que mi vía crucis se iniciaría nada más repicara la llamada del primer abogado. Pero también sabía que más tarde o más temprano igual iba a morirme. O sea que era una pura cuestión de sincronía. Había que retrasar ese colapso.

En mis buenos momentos pensaba: "¿Cuántos césares vivieron prósperos y felices antes de que cayera el Imperio Romano?" Con tanta liquidez a mi disposición, todo el trabajo consistía en multiplicar esos buenos momentos, al tiempo que tomaba cierta clase de providencias mezquinas que jamás preocuparon a Nerón y Calígula. Cambiar de domicilio con frecuencia, por ejemplo. Claro que estaba yo muy lejos de ser emperador de ningún lado, pero a cambio era un honorable *sujeto de crédito*: tenía licencia para usurpar cualquier trono. Sólo que la corona caería estrepitosamente no bien mi nombre debutara en el primer boletín de cancelaciones.

Un pedazo de plástico jamás tendrá el *sex appeal* de un fajo de billetes grandes, pero en su ausencia sirve de gran consuelo. Cuando no pude ya sacar disposiciones en efectivo y me vi precisado a contar con algunos papeles numerados —los necesarios para hacer los pagos mínimos y eludir otro rato a la inminente abogadiza— debí echar mano de uno de los recursos más dolorosos para los mártires del crédito: la compra-venta estratégico-informal, que consiste en ofrecer en los anuncios clasificados lavadoras, televisores o equipos de sonido nuevos y empacados al 50 % de su precio. Una vez que se tiene al cliente con la marmaja a flor de puño, compra uno el artículo con su tarjeta de crédito, surte el pedido y se lleva el dinero. Una estrategia ciertamente deficitaria, pero sólo para quien piensa pagar las deudas que contrae. Cuando, con cincuenta y seis tarjetas de crédito plenamente copadas, veinte a medio copar y doce nuevecitas me senté a hacer cuentas, descubrí que necesitaba tres y medio siglos de salario mínimo para saldar la deuda. Recordaba el trabajo del que me habían echado y calculaba que aun teniendo el sueldo que nadie volvería a darme, habría requerido por lo menos veinte años para quedar tablas. Y eso sin contar todo lo que aún pensaba gastarme. Tenía tarjetas especiales para comprar llantas, víveres, mobiliario de oficina, equipo médico avanzado, juguetes, discos, boletos de avión... Esto último, por cierto, me permitió viajar y obtener numerosas tarjetas en almacenes extranjeros. De la pequeña mercería en Torreón a la fulgurante tienda departamental parisiense, mi crédito aún era bueno en el resto del mundo, mientras cada nuevo buzón era invadido por turbas de requerimientos exaltados.

Cuando me detuvieron no fue por defraudador, sino por contrabandista. Traía no sé cuantos miles de dólares en compras y ni un solo centavo en efectivo. Ingresé al reclusorio acompañado de un veliz repleto de pagarés, mismo que no me permitieron conservar en la celda, por más que me desviví explicándoles que todos esos queridos papeles eran poco menos e incluso poco más que mi autobiografía. En cuanto a los tres álbumes de tarjetas de crédito, estaban en poder de la Fiscalía Especializada. En síntesis, había sucedido lo peor: el colapso me sorprendía en cautiverio, sin un quinto en la bolsa. Enteramente desacreditado.

Me gustaría saber cómo hizo ese veliz para ir a dar al escritorio del director del banco. Tampoco me figuro cuántas semanas se gastaron sus lacayos ordenando mis gastos por fechas, lugares, precios y acreedores. El punto es que unos meses más tarde recibí la visita de dos hombres de traje, armados con la historia precisa de los mejores años de mi vida, día por día y peso sobre peso. Uno de ellos, abogado del banco, me miraba con irritante reverencia, cual si estuviese más cerca de pedirme un autógrafo que de hundirme por media eternidad en aquella covacha repelente. Aunque si de mi autógrafo se trataba, ellos tenían miles en su poder. ¿Aún así venían a pedirme otro? Como puede inferirse, su propuesta era obscena, degradante, vil. Esas que una persona íntegra sólo puede rehusar. Afortunadamente, no soy un soberbio.

Según el director del banco, mi ejemplo habría sido nefasto para otros forajidos crediticios. Por lo demás, un fraude tan complejo como aquél exigía gastos jurídicos mucho más elevados que mi ya de por sí irrecuperable deuda. Sólo con los estados de cuenta, me explicaron, había trabajo de años para un costoso equipo de expertos auditores. En mi maleta se guardaba el registro de fraudes sobre fraudes sobre fraudes, pero también había recibos de pago, que a su vez eran fruto de fraudes, además de una cantidad no establecida de ventas informales. Y yo le creí a medias, porque en el fondo no dejaba de mirar el mismo *western*:

Antes que funcionarios bancarios, aquellos eran alguaciles corrompidos sobornando a un experto pistolero. Se trataba de hacer contra los forajidos lo mismo que había hecho contra la institución bancaria, disfrutando de un sueldo cinco veces más alto que el de antaño, tres tarjetas de crédito corporativas con el saldo en ceros y una enorme jauría de sabuesos, rottweilers y pitbulls a mis órdenes. *¡Duro con los tramposos! ¡Vengan acá esas casas, esos coches, esos sueños de opio a plazos traicioneros! ¡Nadie se va a escapar en mis narices de la clase media!* Firmé el contrato sin hacerme ilusiones: el del trinche me había ganado la carrera.

Durante un tiempo fui eficiente al extremo de lo implacable. Hostigué, perseguí, embargué y encerré a cientos de forajidos menos hábiles que yo. Hasta que un día supe, gracias al fino olfato de uno entre mi jauría, que alguien que no era yo había publicado en el periódico el siguiente aviso:

¿Problemas con su tarjeta de crédito?
Pongo su saldo en ceros por el 5 % del total.

Debajo aparecía un número telefónico. Llamé y una impecable voz ejecutiva me invitó a resolver mi problema depositando ese cinco por ciento en mi cuenta. Quiero decir que esa persona invitaba a *sus* clientes a depositar *sus* sobornos en *mi* cuenta de cheques. Al día siguiente, su deuda quedaría en ceros: garantizado. Cuando llamé para checar mi saldo, experimenté un vértigo de ínfulas funerarias: tenía seis millones de dólares a mi favor.

¿Quién trabajaba tanto en mi provecho con tal de conducirme a la desgracia? ¿Cuál era su interés en incriminarme? Nunca llegué a saberlo. Tenía, finalmente, legiones de enemigos dentro y fuera del banco. Y tenía un escándalo detrás: cauda de fuego purificador. ¿Querían comprometerme? ¡Pero si en esas artes siempre me pinté solo! Me miré en el espejo y dije: *Aquí nadie va a romper más platos que yo.* Con la frente bien alta, tomé mis tres omnipotentes tarjetas de crédito y me lancé a comprar como un desquiciado. Coches, botes, departamentos, casas, joyas, terrenos: el verdugo de los destinos ajenos emprendía la cruzada por recobrar el propio. No podían atraparme, yo no me iba a dejar. Conocía secretos terribles, cosas que no se cuentan ni al compañero de celda. Si ellos insistían en perseguirme y encerrarme, tenía la información suficiente para enviar a trescientos a hacerme compañía. Aunque claro, podíamos negociar.

Y fue de esa manera como acabé adueñándome del banco. No deberá extrañarles, por lo tanto, encontrarlo hoy puntillosamente descapitalizado: no queda ni un centavo de cuanto nos han dado a guardar los clientes. En lo que toca a sus preciadas inversiones, amigos accionistas, ninguno de esos documentos vale más que las conmovedoras libretas de ahorro de los cuentahabientes. No obstante, milagrosamente, hay dinero en las arcas: un sustancioso crédito de última hora nos ha salvado de anunciar hoy mismo la bancarrota.

No queda otro camino: vayamos ahora mismo a confiscar esos tesoros, repartámoslos sin rencores y huyamos cada uno en pos de su destino. Que será luminoso, yo sé lo que les digo. Escuchen la opinión humilde de un experto: si de ésta no acabamos de dueños del país, yo me llamo como dice mi nueva tarjeta de crédito.

Confieso que he vendido* / I
Levántate y manda

A ver señor, señora, usted, joven, que está allá meditando: ¿Conocen el misterio de *La Maja Barata*? No he venido a embromarles ni a quitarles su tiempo, sino muy al contrario: traigo conmigo la mejor noticia de los últimos dos mil años. Yo sé que usted, señora, se siente desilusionada porque resulta que el futuro ya está aquí pero todavía no somos felices. Y ay, cómo duele, cómo preocupa, cómo nos hace daño saber que somos mucho menos dichosos de lo que nuestras potencialidades sugieren. Y no es que usted carezca de los méritos, señor, ni usted, joven, que no estudie y se prepare para destacar, pues todo lo contrario: vemos que estamos dando lo mejor de nosotros y sin embargo díganme qué obtenemos. Solamente corajes, tribulaciones, frustraciones, malagradecimientos. Tanto que usted, señora, se pregunta a menudo: *¿Seré yo? ¿Tendré acaso la culpa de ser como soy y de que siga yéndome como me va?* Estudios realizados por científicos de prestigiadas universidades norteamericanas nos dicen que el 97 % de las personas adultas padece de tribulaciones 100 % innecesarias. Fíjese bien, señor, no dije el 25, ni el 50, ni siquiera el 75, he dicho el 97 %, es decir que 9.7 de cada 10 personas que ahora mismo me

* Para ser leído a máximo volumen.

escuchan sufre exactamente porque quiere. No por el cruel destino, no por la mala suerte, no por una presunta negligencia, sino porque les falta una luz en el camino.

Pero esa oscuridad, señora, esas tinieblas, señor, son felizmente cosa del pasado. Niño, niña: sonrían, pues ahora sus queridos padres ya pueden *accesar* la sabiduría y paz espiritual indispensables para dar a los suyos la calidad de vida del siglo XXI. Yo sé que a estas alturas se preguntan: *¿Quién es este señor al que yo ni conozco para venir a prometerme que va a solucionar los problemas de mi vida, de mi existencia, de mi personalísimo devenir?* Tiene usted la razón, señora, un servidor no es nadie para arreglarle nada. Es usted y sólo usted quien puede y debe dar un giro positivo a su existir. Yo solamente cumplo con mi humilde misión, mi personal y perentorio cometido, que consiste en traer para ustedes, ahora mismo y en primicia mundial, el novedoso método cósmico-gnóstico-filosófico que les permitirá *accesar* en sólo cinco semanas la legítima paz espiritual. Y por cierto, señor, usted que desde acá se ve que es una persona culta, que le gusta leer, viajar, la buena mesa, ¿qué podría decirnos, fino caballero, de *La Maja Barata*?

No me diga, señor, que aún no la conoce, que usted ni se enteró, que nadie le ha contado, allá en los altos círculos políticos y financieros, de los cambios prodigiosos que *La Maja Barata* ha operado ya en miles de vidas humanas. Y si le digo miles y no millones, ni decenas, ni cientos de millones, ello es porque para comunicar al universo entero las ventajas de este revolucionario producto sólo se cuenta con el apoyo logístico-estratégico de un servidor, que no pretende hacerse rico, ni alimenta ambiciones terrenas o carnales, y que tanto en el fondo como en la superficie sólo aspira al honor de serles útil. *Pero un momento, amigo mío*, preguntarán algunos con legítima inquietud, *¿en qué consiste este novedoso método cósmico-gnóstico-filosófico que a tantos ha salvado de caer en la falta de motivación, y hasta de coquetear con esos estados depresivos que a veces desembocan en la fatalidad?* Créanme, damas y caballeros, no vengo de tan lejos para contar mentiras. No pretendo engañarlos ni venderles nada. Puesto que la verdad, amiga, amigo, La Verdad es aquella mercancía que carece de precio. Y lo mismo sucede con la tranquilidad de espíritu: usted podrá ir a ver al mejor de los psiquiatras, que sin duda le atenderá en lo alto de un suntuoso edificio inteligente, pero yo le aseguro que allí nadie le venderá la luz que anda buscando. Y yo no se la vendo; se la doy. Sí, señor, se la obsequio. No me dé ni un centavo; llévesela a su casa y sea feliz. Puesto que a mí su luz no sólo no me sirve, sino que ni siquiera me corresponde. Venga por ella señor, adelante damita, yo tengo la alegría que a usted le pertenece y ha llegado el momento de entregársela.

El Rojo y el Necro

Perdón que lo moleste, ya sé que los difuntos no hablamos con extraños. La vida es como el juego de las sillas: una vez que se queda uno en el aire, nadie va a estar de acuerdo en que siga jugando. ¿O a qué cree usted que va la gente a los velorios? ¿A confortar a los dolientes? ¿A ensalzar las virtudes del occiso? ¿A llorar sin cobrar? No, señor: la gente va y se junta en los sepelios para decirle al muerto: "Que conste que te fuiste", y de paso advertirle que no hay viaje de vuelta. Nadie llora por nada, cuantimenos de gratis. Ay, sí, cuánto sufrir, más tardan en limpiarse las corbatas moqueadas que en sacar a remate las del fiambre.

¿No me cree? Mire, es fácil. Sólo acuérdese del bonito *slogan* donde culminan todas las plegarias y alusiones a difuntos: *Descanse en paz.* Supuestamente tal es el resumen respetuoso de nuestros buenos deseos, pero no hay que ir muy lejos en teología, lingüística o filología para encontrar en tan piadoso exhorto unos cuantos mensajes adjuntos: *¡Salúdanos a Nuncavuelvas! ¡Cúchila ya de aquí, apestoso! ¿De dónde dice usted que me conoce?* Por descompuesto y pálido que uno logre lucir, jamás va a cometer la torpeza de dirigirle la palabra a quien no sabe cómo amedrentar. Si hasta los deudos ruegan al Creador que nunca les devuelva al finadito, ¿qué podría esperarse de un extraño?

El problema caliente sobreviene cuando los tales deudos resultan un hatajo de miserables, que en vida le causaron sinsabores incontables, de manera que la súbita aparición del muerto no puede sino alimentar un terror fronterizo con la embolia. Puesto que la visión de un enemigo muerto acusa la presencia de un acreedor sin cuerpo: la clase de visita que entra por la ventana de la recámara y sale por la puerta del quirófano. Le decía, pues, que cuando un muerto insiste en quedarse entre los vivos, le quedan dos salidas: una es meterse a cobrador, martirizando a sus perversos deudos, a riesgo de matarlos de un soponcio y resignarse a verlos como iguales; la otra consiste en andar por ahí penando, lo cual a fin de cuentas tampoco es tan penoso como la gente cree.

Cierto que es muy difícil entrar en comunicación con los mortales, porque como le dije: no lo quieren a uno por aquí. Pero hay días, o más bien noches, en que las almas bajan sin el viejo temor de ser echadas a punta de conjuros y detentes. La época navideña, por ejemplo, admite algunas cuantas excepciones, igual que ciertas multitudes distraídas. Ahora mismo podría materializarme en medio de una turba de pacifistas enardecidos y le aseguro que nadie me advertiría. En realidad la gente nunca se fija en nada. Van en lo suyo, pendientes de su juego, prendados de su estrella, recelando de abstractos y futuros virtuales. Igual que usted ayer, manejando en sentido contrario por el Periférico. Menos mal que pasó de madrugada, de otro modo no estaría yo solo reclamándole.

Pero no abra esos ojos, que no vine a jugar a los sustitos. Y por favor no trate de escaparse irresponsablemente de esta situación con el pretexto fácil de que le ha dado fiebre o está agonizando. Si se fija, tiene usted fracturados brazos, piernas y costillas, pero su cráneo permanece intacto. ¿No pasó media tarde viendo la televisión? ¿Verdad que se alegró cuando vino su abogado a decirle que no iba a pisar la cárcel? ¿Y usted qué dijo? "Ya la vi de gorra", ¿no?

En otra circunstancia yo sé que correría, pero ahora no le queda más que seguir oyéndome. Además, ya ha podido comprobar que, sin necesariamente ser amigos, tampoco somos dos desconocidos. No negará que tiene mucha suerte: aparte de estar vivo, recibe la oportunidad de conocer al bulto que arrolló en el Periférico, y con ello se evita la molestia de vivir perseguido por el miedo al Más Allá. Como ya puede verlo, el petulante Más Allá viene a ser de lo más ordinario. Y de una vez le aviso que usted no la verá de gorra. Entendida la fina variedad de gusarapos que integran mi recién abandonada familia, a usted le queda sólo la indeclinable opción de seguirme aguantando mientras viva. Que tampoco va a ser tanto tiempo.

Sé que es algo abusivo de mi parte. Tal vez sería más justo ir a restarles años a mis deudos, que mientras fui mortal no se cansaron de agraviarme, en lugar de acechar la fracturada vida de quien sin proponérselo me convirtió en carroña. Pero soy yo, no usted, quien reclama justicia. ¿Ya vio que casi-casi no tengo cuerpo? ¿Y usted cree que sufriendo de tan grave transparencia no me cuesta un esfuerzo sobrecadavérico venir a aparecerme donde nadie me llama?

Quiero que quede claro: no es que busque venganza por esto que usted me hizo. Lo que pasa es que nadie más puede ayudarme, y en últimas usted es de confianza. Ahora bien, tanto como *ayudarme* no estoy muy seguro. La única ayuda que me está prestando consiste en escucharme, y eso porque no tiene alternativa. En mi caso tampoco me queda para dónde hacerme. Como le digo, no quiero nada con mis deudos. Cuando acabó el sepelio y al fin los vi largarse para siempre, no se me ocurrió nada más brillante que venir a esta clínica y contemplarlo ahí: doloroso y sangrante. No es un lindo paisaje, pero tendría que haberme visto destripado bajo de las llantas de su coche. El de usted, ya le dije que no se me haga el moribundo. Y tampoco hace falta que se sonroje. Pero al cabo, si no quiero venganza, se preguntará acaso qué diablos busca aquí mi ingrávida presencia.

En realidad, no soy del todo ingrávido. Así como mi espectro es *casi* transparente, mi peso es *casi* nulo. Dos kilos, cuando más. Puedo flotar, si quiero. Pero también puedo pararme sobre el piso, como en este momento. Y tal vez ello explique ese rostro de progresivos tonos carmesí. Es más, yo diría que está totalmente morado. Sobre todo desde que me planté con los dos pies sobre el tubo que comunica la sonda pulmonar con el tanque de oxígeno. ¿Ya vio cómo no soy una visión? ¿Se da cuenta que no tiene usted fiebre, ni delirios agónicos? ¿Verdad que mi modesto peso específico sirve a las maravillas para impedir el paso de ese oxígeno urgente que en cuestión de segundos resultará superfluo?

Pero no me vea feo. Pocos tienen el privilegio de marcharse con la certeza plena de un Más Allá. Que en mi caso, y ya casi en el suyo, vendría a ser concretamente el Más Acá. Y es por eso que no me he despedido. Ahora verá que luego de estar quince minutos presente en su velorio y comprobar cuán viles son los vivos, va a quedarme perpetuamente agradecido. Por lo pronto, lo espero en el tanatorio: hay un par de difuntas concupiscentes que se ve que no tienen con quién irse. Apresúrese, pues; váyase aligerando. No sea que en una de éstas me exaspere y lo deje de veras descansando en paz.

Merry Christmas, Mister Himmler

Existen cuando menos dos visiones disidentes en torno a los rituales navideños: la del pino y la del pavo. Crucificado entre flamas eléctricas incandescentes, sus ramas día a día vencidas por el peso de multitud de adornos agobiantes, el pino navideño es incapaz de comprender la utilidad presunta de su martirio. De ahí que, ya en enero, se le mire agonizar en los tiraderos de basura con el rictus estupefacto de quien murió por nada. Por su parte, el pavito comprende plenamente el móvil de su exterminio —sobre todo desde el aciago día en que atisbó a sus amos eructando a Mamá—, pero ello no le ayuda a convenir con el ritual macabro por el cual una fraternal pandilla de asesinos brinda y se felicita en nombre de los más nobles sentimientos, mientras su mutilado cadáver yace entre tenedores y cuchillos que se fingen ingenuos.

Al calor de su rozagante agonía, el pino navideño envidia a esas secoyas corpulentas que terminan sus días convertidas en *Obras completas* de Dostoievski, o a aquellos dignos robles cuyo cuerpo es empleado para construir cabañas en el bosque, y hasta a los pobres palos rasurados que arden sobre las llamas de una hoguera. Cualquier fatalidad, opina nuestro pino, es preferible a continuar muriéndose como un bufón enmudecido. No es, pues, de extrañar que en la escala de valores morales de los árboles hasta los mismos pájaros carpinteros ocupen un lugar superior a las personas.

¿Qué habría dicho Jesús Nazareno, de oficio carpintero, de saber que millones de colegas sufrirían desabasto y encarecimiento de materia prima por causa de los incontables árboles destinados a celebrar Su cumpleaños? ¿Cuál sería Su opinión al comprobar que la base de cada uno de esos pinos navideños es una sintomática cruz, con sus correspondientes clavos? En este punto el pino entra en consideraciones políticas concernientes a sus más elementales derechos botánicos, por lo que vale más prestar oídos a las precisiones del pavo.

Libre de la espectacularidad que trae consigo una crucifixión intensamente iluminada, el pavo considera que su puntual degüello guarda una relación de causa-efecto con las zonas oscuras del alma humana, mismas que permanecen convenientemente guarecidas durante las festividades decembrinas. Pues pasa que mientras al pino navideño se le inmola en la sala de la casa, donde tarde o temprano habrá un sensato que tenga la delicadeza de comprar algún pino artificial, la sangre del pavito se derrama en la negrura de cualquier patio pringoso, lejos de los ojitos angelicales de esos niños que contentos repiten: *pollito-chicken, gallina-hen.*

Se sabe que en algunos patíbulos nazis había facilidades tan humanitarias como la providencial botella de cognac, que permitía sobrellevar el trago amargo. Pues evidentemente el coñaquito no era para el condenado, sino para el verdugo, que tendía a estresarse después de un cierto número de ahorcados. Tratándose de pavos, hay verdugos que gustan de bañar el cadáver en cognac, acaso para adormecer las culpas de los comensales. Sólo que en Navidad no experimentan culpas ni quienes la celebran en la cárcel, puesto que la festividad en sí crea un halo de sublimada inocencia que nos da membresía en el bando de los buenos. A esta exquisita forma de anestesia la llamamos *espíritu navideño:* una suerte de tregua con los íntimos monstruos, que de un instante a otro nos conceden lo que al pavo le niegan: esa *noche de paz* a cuyo término vendrá Papá Noel a surtir los pedidos de la estación. ¿Qué podría pedirle un pavo a Santa Claus? Hasta donde se sabe, todas las cartas de los guajolotes coinciden en la misma vieja petición: *piedad*.

Decidido a llegar al huacal del problema, el pavo profundiza en la naturaleza de los regalos navideños, cuya función, nos dice, no es otra que olvidar el crimen cometido, para así perpetuar el ritual sanguinario. A partir de este punto, sus teorías adolecen de un bolchevismo avícola que resta seriedad a sus reclamos. Todas esas ideas extravagantes según las cuales una sola pluma vale más que mil manos, o aquella que sostiene que el Espíritu Santo no es paloma, sino guajolote, no hacen más que dar alas al verdugo.

En diciembre, cuando el año está a punto de morir, los humanos empalan a un árbol de verdad y degüellan a un pavo de carne, hueso y plumas; pero llegando enero comienzan el nuevo año con los buenos propósitos que los llevan a introducir niños de plástico en la tradicional Rosca de Reyes. Y ya el 2 febrero abundan quienes llevan a sus animalitos a bendecir, aun si esa misma noche los van a convertir en tamales.

Por todo lo anterior, tanto el pavo como el pino han sido convenientemente silenciados por los coros de villancicos navideños que todo el día escapan de las bocinas del supermercado. Tal como empleados y cajeras lo reconocen en privado, los villancicos suenan para acallar las quejas de los pinos, amén de hacer completamente inaudibles los estremecedores lamentos de las almas de los pavos. Una vez que la víctima es llevada a las afueras del súper, los gritos de los niños se encargan de suplir el trabajo de los villancicos. ¿Por qué gritan los niños? En este punto tanto el pino como el pavo están de acuerdo: los niños gritan de pura alegría, pues se saben a salvo de acabar en la rosca donde antiguamente, cuando las cosas aún se hacían a conciencia, morían sofocados entre el migajón.

La venganza del hijo de Yocasta

Un momento, doctor: no soy yo el deprimido. Así que ni me pida que le hable de mi madre, y déjeme que le hable de la suya. Nada más no se altere, que no es lo que usted cree. Recuerde que su obligación es escucharme, hurgar en mi inconsciente mientras hablo. Si realmente me escucha verá que esto tiene que ver con mi autoestima. O sea con mis problemas, que por ahora van a ser los nuestros, así que empezaremos por usted. Porque hasta donde veo usted tiene un problema: necesita dinero. De lo contrario no estaría allí sentado, escuchando problemas que no son suyos. Al respecto, me encantaría traer conmigo unas tribulaciones del tamaño de sus honorarios, pero aun si así fuera me permito dudar que llegaran a parecerle más llamativas que las suyas. Incluso si ahora mismo me diera por contarle que, siendo muy pequeño, asesiné a mis padres, le apuesto diez consultas a que usted seguiría encontrando más *sex appeal* en sus problemas que en los míos. Por lo demás, insisto: si estoy yo aquí tendido y usted allá sentado, es porque su trabajo consiste en escuchar todo lo que yo diga, y a ratitos tomar esos apuntes que tan interesantes deberían parecerme.

Veamos el asunto con objetividad. Usted quiere o requiere dinero, y por ahora ese dinero está en mi bolsa. Asumo que su madre, que por supuesto me merece un gran respeto, le inculcó a usted los hábitos más sanos del mundo, como estudiar, ahorrar y trabajar con empeño y esmero. Hasta que un día usted le dijo: "Madre: seré psicólogo." Y la buena mujer se llenó de alegría, a sabiendas de que este mundo está lleno de mentes trastornadas que necesitan mínimo un apretón de tuercas. O sea que con esa profesión usted podía estudiar, ahorrar y trabajar y convertirse en el hombre de provecho que un día haría valer tantos desvelos. Imagínela en el salón de belleza, pregonando orgullosa que su retoño es un psicoanalista de prestigio. Y ahora supongamos que mi madre asiste a ese mismo salón de belleza, y por casualidad se integra a la conversación. ¿Qué podría decir mi pobre mamá? ¿Que su hijito es paciente del prestigiado especialista? Como usted puede ver, en dicha circunstancia mi madre se hallaría muy lejos de sentirse orgullosa, y de hecho preferiría callarse.

Ya sé que nada tiene de anormal ser paciente de un psicólogo, pero eso haría mejor en aclararlo frente a las viejas argüenderas del salón de belleza, que tardarían poco en ubicarme, si bien me va, como *el hijo enfermito* de la señora Equis. En cambio, su señora madre quedaría como una progenitora de primera, puesto que sin sus mimos, consejos y sacrificios a ver quién iba a salvar del manicomio al desequilibrado aquél. Eso sí, habría que ver cuántos desequilibrados tienen para pagar lo que usted cobra.

Me dirá que todo esto no lo hace por dinero, sino por puro amor a la profesión, pero yo me pregunto qué diría si ahora mismo le contara que mi único verdadero problema es que no tengo ni un centavo para pagarle... ¿Ah, verdad? Tranquilícese: no se altere ni se levante de su silla. Si quiere que le enseñe mi cartera, comprobará que está repleta de billetes, y más de uno va a irse con usted. Pero antes tiene que escucharme hablarle de su madre, su dinero y su vida, asuntos que podrían no ser de mi incumbencia si no hubiera escogido usted una carrera que lo obliga a tratar de comprenderme. Pongamos el asunto bien clarito: usted tiene problemas de dinero y yo los tengo de personalidad; bastará con cambiar unos por otros. Entonces, por favor, no me interrumpa. Supongo que en las aulas de la Facultad le habrán enseñado algo sobre los riesgos que supone quitarle la palabra a un desequilibrado.

Le he dejado bien claro que traigo la cartera bullendo de billetes, aunque tal vez también quiera saber que mi cuenta bancaria luce aún más robusta y saludable: está usted atendiendo a un desequilibrado paradójicamente funcional, un enfermo apegado a la buena vida. Y ya que hablamos de eso, he de decirle que si yo fuera usted ya habría retapizado este diván inmundo que en nada ayuda a la autoestima del paciente. ¿Se ha recostado en él, últimamente? ¿Sabe lo que es tratar asuntos de por sí ásperos y espinosos en un mueble que hiede a decadencia? Por no hablar del estado general del consultorio, que a gritos pide una renovación total. Esas dos lamparitas, por ejemplo, están para llorar, y supongo que ya bastante le lloran sus pacientes para que usted les saque lágrimas de más. O todavía peor, para que cualquier tarde termine haciéndoles segunda: tan freudiano y tan chillón.

Mirémoslo con calma. El problema podría ser que usted, doctor, no tiene el capital indispensable para invertir en tan urgentes mejorías, y eso querría decir que su futuro depende íntegramente de nosotros, los desequilibrados que venimos a verlo. También podría pasar, y esto es lo que yo creo, que usted tiene el dinero, pero le cuesta decidirse a gastarlo, y ello me lleva a suponer que su querida madrecita le inculcó tanto el hábito del ahorro que ahora es incapaz de distinguir entre inversión y derroche. ¿Qué se hace en estos casos, doctor? No me lo diga; apúntelo. Acuérdese que mientras dure esta consulta mis problemas y los suyos tenderán fatalmente a confundirse.

No dudo que a esta hora tenga suficientes elementos para concluir que soy un caso grave, y por lo tanto necesito de un tratamiento intensivo. Es decir, que por no sé cuántos años debo venir a visitarlo y escuchar sus sesudas ocurrencias. Lo cual eventualmente me llevaría a transferir una cierta porción de mi cuenta bancaria hacia la suya, sin que por ello mejorara la autoestima de mi pobre madre, que año con año seguiría culpándose por haber educado a un coleccionista de traumas.

De modo que volvemos al principio: si yo accediera a hablarle de mi madre, lo probable sería que usted se empeñara en hallar una solución a mi problema, pero lo único seguro es que resolvería sólo el suyo. Por el contrario, desde que comencé a expresarme sobre su madre, me he sentido tan bien que de pronto me cuesta comprender qué estoy haciendo aquí. Creo que su señora madre tiene mucha razón: es usted digno del mayor prestigio, aun con esos problemillas apremiantes. Y ahora, si no le importa, me retiro. Espero me disculpe por no quedarme a oír sus atinados comentarios, pero creo que será más que suficiente con pagarle completa la consulta. Una vez más, perdone que me vaya, pero no sabe cuánto me desespera escuchar la opinión de gente con problemas. Qué quiere que le diga, me deprimo.

La noche de los colmillos largos

Hay dos tipos de vampiros: los malos y los buenos. La única distinción está en el respeto a los códigos. Sólo que a diferencia de los ñoños y topilleros mortales, que ponen cada una de sus leyes por escrito para mejor burlarse de sus dictados, los códigos vampíricos no están escritos en lugar alguno. Todo vampiro honesto, sin embargo, vive de acuerdo a ellos. Y así como siempre hay un botarate dispuesto a equiparar al chino con el verdugo, al africano con el caníbal y al mexicano con el bandido, nunca falta el granuja cuya mala fe alcanza para endilgar a los vampiros estas y otras calumnias no menos infamantes. ¿Tiene el vampiro decente y respetuoso de Dios la culpa de que en su rebaño, como en todos, existan las ovejas descarriadas? ¿Cómo puede un vampiro que respeta los códigos y liquida sus deudas sustraerse al horror de vivir sojuzgado por la estúpida insidia de la plebe?

Por principio de cuentas, hay que ser un ingenuo redomado para tragarse esa patraña de la fotofobia. Puesto que los vampiros más peligrosos no sólo rara vez salen de noche, sino que durante el día permanecen sorprendentemente activos. Van de acá para allá con los colmillos al aire, chupándole la sangre y hasta el alma a los supersticiosos que a esas horas los creen apretujados en un vulgar sarcófago.

¡Un ataúd, Dios mío! Qué cosa más incómoda. O sea que los mortales pueden dormir tranquilos con el crucifijo, el rosario y la Biblia debajo de la almohada, cuando precisamente varios de los que venden esos santos objetos no acaban de ocultar su origen transilvano. Fenicio-transilvano, para ser preciso: si entre los hombres se habla insistentemente del extraño prurito por ser iguales, entre vampiros esto jamás pasa. A despecho de todos esos bobos y vivales que se abrazan en nombre de una igualdad de pacotilla, la especie colmilluda se enorgullece de las diferencias entre sus miembros, aunque a veces también, fatalmente, se avergüence por lo que algunos inescrupulosos acostumbran hacer, a plena luz del día y con la Biblia en la mano.

El ser humano se alimenta felizmente de las otras especies. O en su caso las esclaviza, las combate, las extermina. ¿Pero qué tal se indigna ante la imagen del perverso chupasangre? ¿Verdad que le parece monstruoso, intolerable? ¿No es cierto que hasta inquieta y acobarda a sus hijos con el cuento de que podría venir un vampiro a madrugarlos? Con esa clase de antecedentes, a nadie debería sorprender que los seres humanos se miren mansamente desprotegidos frente al poder de los vampiros, quienes por su invencible anonimato pueden darse el placer de elegir a sus víctimas como entre los platillos de un menú interminable.

Parecería difícil creer que los mortales se han encargado de mitificar a los vampiros sólo para quedar a su merced, pero cabe una explicación siniestra: antes que los mortales, han sido los vampiros quienes mañosamente inventaron sus mitos, para mejor perderse entre el gentío. Una estrategia artera y asimismo letal, pues hace a los vampiros propensos a la gula y el desenfreno. No creo necesario abundar en minucias escabrosas en torno a los desaguisados que es capaz de provocar un vampiro goloso y desenfrenado; bástenos con saber que las peores leyendas conocidas son meros cuentos de hadas comparadas con los efectos perniciosos del descontrol vampírico, y que la mayoría de los estropicios esperables ha sucedido ya, sin que ninguno osara levantar una estaca para impedirlo.

De todas las características que se atribuyen a los seres de esta especie, sólo hay una completamente cierta: aquella que nos dice que los cuerpos mordidos por un vampiro a su vez se aficionan a las exquisiteces de la hemoglobina. Y ello explica su proliferación entre nosotros, así como esa progresiva habilidad para disfrazar su naturaleza y, a veces, tapar sus intenciones. Pues como le decía, existen de vampiros a vampiros. Y como bien sugiere la canción: *no juzgue usted a un libro por su cubierta...*

Permítame insistir: lo peor ya ha sucedido, el mal sueño pasó. Si bien alguna vez los vampiros fueron una amenaza para el género humano, es difícil pensar que a estas alturas los humanos sean todavía una amenaza para el género vampírico. No es preciso aclarar quién ganó en esta guerra donde los unos nada sabían de los otros, mientras los otros conocían de los unos hasta el sabor exacto de su sangre. A estas honduras, el universo está poblado por vampiros de todas las estofas, a tal punto que la sola posibilidad hallar un ser humano ciento por ciento libre de contagio parece francamente fantasiosa. Poco interesa el método que nuestros victimarios usen para extraer el crúor de las carótidas, pues pululan los colmilludos capaces de lograrlo sin dejar ni una huella: impunemente. Y esto, querida mía, contradice los códigos.

Una de las virtudes más altas del vampiro, razón de vanidad para la especie entera, es la cabal aceptación de su naturaleza. Créame que lo que más asusta a los hombres de los vampiros no son sus colmillos, ni su sed, ni sus alas, sino exclusivamente su franqueza. Puesto que mientras no son pocos los amantes fugaces que al día siguiente del siniestro no recuerdan siquiera sus respectivos rostros, usted jamás olvidará la faz del amante noctámbulo que se acercó a su cuello para beber devotamente de su sangre. Un detalle exquisito, clásico diría yo, que le permitirá saberse inigualable. Porque sépase que después de esta mordida sus costumbres serán para siempre otras. Como yo, vivirá sedienta de las recompensas más exóticas, y acaso también le parecerán despreciables aquellos colegas que van por la vida bajo el desprestigiado disfraz de persona decente, secando las arterias de su prójimo mediante diestros métodos de telesangría, pensados para depredar sin despeinarse. Y de una vez le advierto que de nada le servirá ir a la policía con el cuento de que soy un vampiro y la mordí; le aseguro que en la comisaría encontrará la suficiente cantidad de colegas sedientos e inescrupulosos para volver volando hacia mis brazos.

De sobra sé que mi cuello no es ni de lejos tan terso y apetecible como el suyo, pero igual se lo ofrezco de todo corazón. Puede creerme si le digo que soy el último en desearle que padezca por causa de la sed sin orillas que invade a los vampiros cuando pasan los días y las noches sin probar el calor de un cuello amigo. Claro que habría sido más decorativo seducirla y solicitar su mano y firmar un contrato con usted, pero estará de acuerdo en que este rancio ritual de cuellos y colmillos derrama sobretonos de romanticismo que un ceremonial público jamás conocerá.

Hay quienes piensan que el amor es aquel sentimiento purísimo que germina y florece entre dos almas. No se deje engañar: el amor se aparece como el cazador, que va por la penumbra en busca de una víctima propicia, la elige y le dispara; más tarde la devora, y es cuando más la quiere. ¿Dónde quedan, entonces, los sentimientos? Los suyos, por lo pronto, están a salvo: nadie ama tanto al victimario como la víctima, y esto es particularmente cierto entre los vampiros. ¿Quién es, al fin, la verdadera víctima? ¿Usted, que ha sido objeto del homenaje místico de mis colmillos, o yo, que vivo a expensas de esta insaciable sed? Aunque sé que podría conformarme, como tantos colegas, con sobornos mediocres como fama, fortuna y posición social, en lugar de eso elijo un cuello como el suyo y le rindo el debido tributo de avidez. Es decir que a partir de este instante yo la deseo a usted por los siglos de los siglos.

No intento retenerla por la fuerza. Es usted libre de correr ahora mismo en busca de esos grises satisfactores cuya obtención desvela al vampiro conformista. Cásese, tenga hijitos, intente olvidarme. Yo la aguardaré aquí, en la certeza de que cada día de espera no hará sino endulzar sus leucocitos. A salvo de la vanidad insulsa de los mortales, entiendo que es la vida, no la muerte, lo que a veces separa a los amantes. O sea que dele usted su vida a quien prefiera, al fin que ya su muerte me la ha entregado a mí: un vampiro sincero que cumple los rituales y respeta los códigos. Espero no se ofenda si me lavo los dientes.

Confieso que he vendido / II
Krishna nuestro, que estás en La Meca

¿Qué es *La Maja Barata*? Si a usted le fuera dado tenerla entre sus manos ahora mismo y no pusiera su atención en mis palabras, podría pensar: *Pues... son unos cassettes*. O tal vez observara el paquete por el dorso y en tal caso creyera que es un libro. Pero la verdadera paz de espíritu es mucho más que libros y cassettes. Por eso yo les digo que *La Maja Barata* no es propiamente un libro, ni tampoco una mera cinta magnetofónica, sino el novedoso método cósmico-gnóstico-filosófico que hace uso de las más modernas técnicas audiovisuales para así transmitir y transmutar los profundos conocimientos que le darán esa satisfacción vital que tanto se merece, todo de una manera simple y programada. ¿Cuántas veces se ha levantado con los huesos molidos y el alma atormentada, como pidiéndole a Nuestro Señor que le libre por hoy de cargar con su cruz? Pues bien, señor, señora, resulta que *La Maja Barata*, que tal como su nombre nos lo indica es un producto en pro de la economía familiar, se fundamenta en los principios mismos de la cristiana doctrina, y no sólo eso: también recoge lo mejor de las filosofías, religiones, posiciones estéticas, teorías sociológicas y sistemas de superación personal ideados por el hombre en su constante búsqueda de la felicidad. Por siglos y milenios, los pueblos del Señor se han desmembrado en guerras fratricidas: en China, en los Balcanes, en Vietnam, en Irak, en Cisjordania, en todos los confines a los que por desgracia llega la insatisfacción vital, se desatan peleas inclementes que todo lo complican y nada que lo resuelven. Aunque eso, amigos míos, es cosa del pasado. En el amanecer de la era de Acuario, la solución final es *La Maja Barata*.

Pero, dirán ustedes, *¿no estaban todos esos conocimientos ya en el mundo cuando, no obstante, acaecieron tan graves tragedias? ¿Cómo es que el hombre no echó mano de sus valiosas y ancestrales ideas?* Pues he ahí la cuestión, señora mía, que si bien la verdad ha estado siempre con nosotros, no existía hasta ayer un método realmente *programado* para *sistematizar* todas estas verdades y expresarlas de manera *sencilla* y *sintética*, pero también *profunda* e *integral*. La filosofía, la religión, la ciencia, la superación: todo en cinco semanas, garantizado. Sí, señor, dije *cinco semanas*, dije *garantizado*. Usted se tarda un día más en ver la luz y me demanda.

¿Quién, sin embargo, quiere ya saber de pleitos y discordias? Si ayer mismo los pueblos del Señor se partían la crisma en nombre de verdades meramente relativas, hoy *La Maja Barata* nos invita a recobrar el contacto perdido con la luz y la concordia. Sin fricciones, sin dudas, sin conflictos con sus creencias personales, sin toda esa mefistofelia metafísica que tanto dificulta la cabal comprensión de La Verdad. Y es que sólo a través de *La Maja Barata* el rabino se pone de acuerdo con el cura, el shamán con el profeta, el ayatollah con el druida, el fundamentalista con el librepensador.

Usted no tiene que memorizar largas lecciones, ni que desembolsar groseras cantidades de dinero para poseer la paz espiritual que sólo da *La Maja Barata*. Y esto no se lo dice un vendedor, ni un comerciante. No, señora, no, señor, esto viene a comunicárselo un hombre que algún día estuvo a punto de quitarse la vida. Sí, amigos míos, esa era la atribulada existencia de un servidor hasta hace poco tiempo, y no me da vergüenza confesarlo porque sé que al hacerlo estoy dando valor a mi misión. ¿De qué pueden servirme los diez dólares que usted me entregará a cambio de salvarse de la desesperación? De nada o casi nada, amigo mío. Un servidor no vive con lujos ni tiene un patrimonio que cuidar. Vivo, debo decirles, con lo espartanamente necesario para seguir llevando este mensaje y esta luz. Yo sé muy bien que otro, en mi lugar, ya se habría embolsado miles de millones de dólares comercializando este novedoso método cósmico-gnóstico-filosófico en el mundo entero y a través de la internet, pero su servidor no se interesa en obtener riquezas y poder, sino que está cumpliendo una misión, que consiste en traer para ustedes la buena nueva de que la plenitud y la felicidad existen, claro que sí. Todo es cuestión de alumbrarlas con la lámpara correcta.

No la busque, señor, en las estrellas, ni usted, señora, crea que a la paz del espíritu va a encontrarla en el zodíaco, el yoga o la meditación trascendental, pues desgraciadamente nuestra época no permite la vida contemplativa que hizo perfectos a nuestros antepasados. La verdad es que si ni usted ni un servidor disponemos del tiempo necesario para entregarnos a la práctica de una rígida disciplina espiritual, menos aún podremos explorar los diversos y múltiples conocimientos que conducen a la felicidad y la armonía. Pero yo no le traigo la totalidad de los conocimientos, sino exclusivamente lo mejor, lo más selecto: la vera flor y nata de la sapiencia humana. Todo ello conciso, resumido y programado en *La Maja Barata*: el novedoso método cósmico-gnóstico-filosófico que es la joya didáctica del Siglo XXI.

Zooming Theologicum

Yo sé muy bien que Dios todo lo ve. Mi duda es si lo ve panorámicamente, como diciendo: "En mis dominios no me oculto Yo", o si lo ve en detalle, milímetro a milímetro. Imaginemos un procesador capaz de vigilar la actividad constante de seis mil millones de programas. Desde el punto de vista humano, eso tendría que hacer la computadora de Dios. Pero hay otros enfoques. O sea que ahora echemos a andar un nuevo programa por cada perro, gato, elefante, conejo, mariposa, mosca, lagartija, hormiga que hay sobre la Tierra. Añadamos las plantas, la bacterias, los minerales, los vientos, los planetas, las galaxias, con todos sus millones de millones de millones de millones de habitantes probables. Conservadoramente hablando, claro. Suponiendo que hubiera en este mundo una cabeza capaz de concebir tan desquiciante cifra, pidámosle a esa brillante persona que nos indique cuál sería la cantidad de memoria necesaria para almacenar, ordenar, relacionar y procesar la información arrojada simultáneamente por trillones de trillones de trillones de programas. Ahora imaginemos las carretadas de dinero que habría que pagar a cambio de ese Taj Mahal de la informática, por no hablar del inmenso espacio cósmico que se requeriría para acomodar el puro monitor: dos razones que por su propio peso harían de Dios un ente insobornable.

Soy incapaz de imaginar a un millonésimo de bit saltando en la pantalla para implorar que no lo borre de la memoria. De hecho, por más que grite o brinque ese desesperado millonésimo, es seguro que no lo voy a oír, ni a ver. Por eso me pregunto si Dios nos mira panorámicamente, o si aplica algún *zoom* poderosísimo que le permite ver la cantidad y denominación de los billetes en mi cartera, y simultáneamente predecir en qué clase de vicios me los voy a gastar. De manera que sigo sin saber qué tan pequeño soy en esta situación.

Me gustaría pensar que Dios está, como yo, sentado en medio de un jardín, mirando plácidamente a todas sus criaturas. De este lado hay un par de lagartijas jóvenes participando en un notorio remolino pasional, pero de este otro lado está una lagartija muy pequeña, muerta y colonizada por una tribu de hormigas que le come impaciente las entrañas. Si Dios pudiera verme como yo veo a estas lagartijas, seguramente sentiría alguna piedad. La dicha y la desdicha, a tiro de piedra. Pero considerarme una lagartija, o siquiera una hormiga en el jardín de Dios, sería un insufrible ejercicio de soberbia. Recordemos que soy un millonésimo de bit, y eso quizás ya sea demasiado. Para verme con el detalle que yo puedo mirar a cualquiera de las tres lagartijas, Dios necesitaría un telescopio inmensamente poderoso. Ahora que, si de verdad es Dios, debe tenerlo. Debe tener todo el poder para escanearme por dentro y por fuera, en cuatro o cinco o sabrá Él cuántas dimensiones. O sea mucho mejor de lo que yo percibo a cualquier ser viviente. Y por supuesto sabe quién mató a la lagartija.

Los crímenes merecen un espacio aparte. Todos los días se cometen, miles a cada instante. Solamente en el tiempo que le toma a un matancero destripar a doscientos cochinitos, hay millones de seres que igual están muriendo en garras de otros. Por no hablar de todas esas personas buenas y decentes que jamás han matado ni a una mosca, pero que en este instante devoran cordilleras de tacos al pastor, y que según la más estricta lógica moral no son menos culpables que el matancero. Es obvio que no hay Dios que guarde ira bastante para castigar todos y cada uno de estos asesinatos. Los míos, los de las lagartijas, los de las hormigas, los de las bacterias. Debe de haber nematelmintos sanguinarios, y hasta helechos de pútrida conciencia. Pero igual todo sigue en su lugar. Allá hay dos lagartijas que coquetean, mientras acá su hermana o su prima o su querida amiga es devorada por centenares de hormigas a las que su tragedia les resulta un pipiripao.

Y pensar que hay pazguatos que suponen a la naturaleza *pacífica*. Tal es la desventaja de ver el panorama sin entrar en detalle. Ahora, por ejemplo, el cadáver de la lagartija está rodeado de cadáveres de hormigas, que a su vez se han bañado en insecticida. Aunque, si nos da por ser severos, aquí el único insecticida soy yo, que acabo de lanzar las oleadas mortíferas sobre cierta pandilla de glotonas.

Dudo que las hormigas o las lagartijas sepan algo sobre la ira del Señor, pero seguro temen a los monstruos. Yo, por ejemplo. Comparado con ellas, soy Godzilla. Mas para ser un monstruo me paso de justo: he visto a las hormigas cebándose en el cuerpecito de la lagartija; he castigado su pecado con la muerte. Y antes he visto al niño que apuntaba con su resortera hacia la lagartija. Y le he pedido que no lo haga, por favor.

Claro que por entonces la lagartija aún estaba viva. Disfrutaba del sol, como tantas de su bronceada especie. Como yo, también. Y entonces vino el niño con la resortera. Pero no me escuchó, decidió desafiarme. Sacó una piedra enorme, la puso tras la liga y *paf:* mató a la lagartija. Si Dios tenía puesta la visión panorámica, es de creerse que no vio la piedra. Ni al niño, ni a la lagartija. Como tampoco ha visto las hormigas rociadas de veneno. Como también ignora que en lo que va de esta mañana he interrumpido permanentemente las vidas de decenas de insectos abusivos y un solo malandrín desobediente.

De nada sirve que me haga ilusiones. De que me vio, me vio. Y no creo que le haga ninguna gracia que un insecto insecticida como yo usurpe Sus inescrutables funciones. De modo que no tarda en aplastarme: *splat.* Como una de las tantas hormigas cuyas vidas no tienen para ustedes la mínima importancia. Como el niño grosero que se comió esa torta llena de matarratas. Como todas las ratas que pagarían con su vida el arrojo de alimentarse a costillas de un cuerpo emponzoñado. Procedan, pues, señoras y señores: golpéenme, macháquenme, arránquenme los ojos, arrastren mi cadáver por las calles. Les aseguro que, cuando llegue el momento, tampoco encontrarán moneda suficiente para sobornar a Dios, quien sin siquiera verlos se entregará a aplastarlos: *split, splot, splut.* Pero esos son asuntos suplementarios. Antes de que sea el fin, permítanme acabar.

"Y Su Reino no tendrá fin...", sentencia la plegaria, insinuando que Dios reina asimismo dentro del Infierno, sobre todos los monstruos como ustedes y yo. Un sótano sobrepoblado de hormigas, lagartijas y niños asesinos, donde probablemente los insectos ya no sean tan pequeños, ni nosotros tan grandes. Un averno perpetuo como el poder del Dios que me ha enviado a este mundo a hacerme cargo de Sus criaturas, y ahora me escarmienta por la divina gracia de Su telescopio.

Se dice que los ojos de Dios son más grandes e intensos que todos los soles. Imaginemos el poder de esa lente que magnifica incluso las malas intenciones de una molécula. ¿Qué sucede si un ojo más brillante que el sol mira por una lente omnipotente? ¿Cómo apagar un fuego que baja desde el Cielo? ¿Es posible que Dios nos eche un ojo sin convertirnos en cenizas de cenizas? Harto ya de escuchar sus preguntas redundantes y encima desatentas, todas ellas ancladas en un tema cósmicamente inocuo, les dejo por respuesta las mías, si bien dudo que sepan resolverlas. Finalmente, si lo que les preocupa es el pequeño monstruo envenenado, no soy quién para distraerlos de sus monomanías localistas. Dios, que todo lo ve, ha decidido castigarme dejándome a merced de un siniestro puñado de provincianos del Cosmos. Respetuoso de Su mirada fulminante y a merced de Su lente ilimitada, encomiendo mi espíritu en Sus manos y dejo que los monstruos vengan a mí.

Gracias por su atención, pueden lincharme.

La vacuna imaginaria

I. Prudencia

No todos los clientes son iguales; hay unos que son peores. Puede usted presentarles la Campaña del Siglo, misma que le quitó sueño, hambre y fin de semana, y aún así estrellarse contra su insulso escepticismo. *Me parece genial, pero no vende. Tengo mis dudas. ¿Cuál es el mensaje? Como que no se captan las ventajas del producto. ¿No crees que es demasiado* filosófico? *¿Y qué tal si juntamos el concepto de esta campaña con el de la del año pasado? Voy a explicarte bien cómo lo quiero.* Nadie entiende esa rara manía de los clientes: rentan el caballo y se calzan la silla.

En un principio mis clientes eran todos así: caprichosos, cuadrados, arbitrarios, despóticos. Echados a perder por ineptos, lambiches y vivales prestos a desollarse unos a otros con tal de besuquearles la suela del zapato, los clientes asumen que uno ha venido al mundo con la misión concreta de expropiar sus terrores. Y la prueba es que ponen más énfasis, más pasión en decir lo que no les gusta que en expresar lo que realmente quieren. Se les llena la boca con la palabra *no.* Están seguros de que decir *no* los hace inteligentes al ojo del amo, y más que eso les da una ancha sensación de poder. *No* me gusta. *No* le entiendo. *No* creo que funcione. *No* estamos en Nueva York. *No* era lo que pensábamos. *No* alcanza el presupuesto. Es que *no.* Porque *no.* ¿Qué no entiendes que *no?* Forzado a pergeñar las campañas que después los clientes descuartizarían, me vengaba en privado de tanta negativa imaginando comerciales abominables: su adorado producto ardiendo entre las flamas del ridículo. Luego inventaba frases que de sólo escucharlas se habrían traducido en un desasosiego fronterizo con la embolia. Me imaginaba presentando una campaña tan terrible que el cliente querría pagar por enterrarla, temeroso de que esa propaganda radiactiva cayera en manos de sus competidores. Fue así como volvió hasta mí una bonita etapa de la infancia.

II. Justicia

Mi método era simple, como la vergüenza. Luego de una o dos noches de espulgar los defectos más ignominiosos de alguno entre mis compañeritos, escribía una lista con los peores apodos imaginables. Seleccionaba aquellos especialmente hirientes y los amontonaba en un papel encarecidamente anónimo. Al final, ponía precio a mi silencio. Si recibía el pago, me olvidaba de los apodos, o en su caso los reciclaba para futuros usos. De lo contrario, me bastaba con deslizar algunas copias de cierto papelillo entre los libros de otros compañeros: al día siguiente, el flaco y paliducho Roberto Santos ya era también el *Santosóleos*, el *Romuerto*, el *Carroñas,* el *Gusantos* y otros más ultrajantes motes que por mero buen gusto omitiré. Apodos suficientes para regatonearle al apodado tanto la estima propia como el respeto ajeno.

Al principio el sistema me premió sólo con la satisfacción atroz de haber escarmentado a los incrédulos, mas conforme las víctimas de mis ácidos alias comenzaron a padecer su efecto moralmente corrosivo, fue creciendo la cifra de chicos razonables dispuestos a comprar la gentileza de mi silencio. Sé que hay quienes opinan que aquel trabajo era propio de un niño ruin y perturbado, pero si usted lo ve con calma descubrirá que se trataba de un servicio piadoso. ¿Quién es el buen samaritano que se tienta el corazón para colgarnos un apodo puntiagudo? ¿Quién tendría compasión antes de usarlo y difundirlo a espaldas nuestras? ¿No es cierto que, de haber tenido la oportunidad, millones de niños habrían dado cualquier cosa por amputarse a tiempo un sobrenombre abyecto? En cuestión de semanas me preciaba de contar con una importante cartera de clientes satisfechos. Y agradecidos, porque quienes patrocinaban mi silencio eran precisamente los que recibían, de primera mano, la gustada lista de novedades. En ella aparecían los apodos recién salidos del horno, cortados a la justa medida del último tacaño inconsecuente. Recuerdo que fue entonces que hice mi primer *slogan*. Según lo prometían los anónimos, mi servicio era *la diferencia entre reírte y que se rían de ti*. Y cumplí, escrupulosamente, hasta el día en que mis anónimos dejaron de serlo.

La mañana que me expulsaron de la escuela, luego que el *Maripaco*, la *Quince Uñas* y el *Cacalao* se rajaran vilmente con el director, me consolé pensando que el pinche *Monje Coco* no había expulsado a un escuincle cualquiera, sino a un genuino niño de negocios. Pura apestosa envidia travestida de rigorismo lasallista. Y fue así como luego, tantos años después, me pregunté si no sería hora de volver a imponerme la ambiciosa misión corporativa de ofrecer al cliente *satisfacción total*.

III. Fortaleza

En todo caso había que modernizarse. Fue por eso que una noche inicié el nuevo negocio con las primeras frases de una contracampaña para el menos querido de mis clientes: aquel grosero fabricante de techos de asbesto cancerígeno que me debía igualas por dos años de servicios creativos. El mismo que me había rechazado tres conceptos, para después plagiarlos y revenderlos. El sádico que nunca perdía oportunidad para hacer chistes malos a expensas de mis ideas. El gordito sarcástico que un día recibió en su fax personal una lista de *slogans* relativos a su querido producto:

Proteja su hogar hoy, descanse en paz mañana:
sólo con láminas de asbesto El Porvenir.

Con un techo de asbesto El Porvenir,
usted y su familia vivirán en otro *mundo*.

Techos y láminas de asbesto El Porvenir...
Si persisten las goteras, pregunte a su oncólogo.

Ignoro cuál sería su reacción inmediata, pero a juzgar por la premura con la que se ofreció a pagar, la pura *Fase 1* de la contracampaña debió haberlo impactado positivamente. Sobre todo si tuvo a bien imaginarse, tal como se lo sugerí, el efecto que mis atentos mensajes podían ocasionar luego de aterrizar en manos de sus competidores. O en algunos periódicos, o partidos políticos, o asociaciones de consumidores o, ¿por qué no?, en un interesante sitio *web*.

El método del fax tenía la virtud de poner al cliente un tanto catatónico, pues cabía la posibilidad de que otros ojos lo leyeran primero. Y ello era positivo para la relación: ya la filosofía de mi joven empresa sentenciaba que un cliente nervioso negocia de rodillas. ¿No es así, de rodillas, como millones de personas de bien expresan su fe? ¿No era beneficioso para todos que mis clientes aprendieran alguito de humildad? En cosa de dos meses, mi vieja agencia de publicidad cerró sus puertas: era hora de mirar hacia el futuro.

IV. Templanza

A cinco años del inicio de sus operaciones, mi audaz negocio todavía no tiene nombre. Y a como van las cosas va a seguir sin él: mi éxito es amigo del bajo perfil y está libre de toda mundana vanidad. Pero tengo un *slogan*. Mi empresa ofrece a sus clientes *la única publicidad que usted no necesita*. O, tal como lo dice mi nueva campaña institucional, presente ya en los últimos anónimos: *La primera vacuna contra el desprestigio*.

¿Recuerda que recién le hablé de la *Fase 1* de mi contracampaña para la marca *El Porvenir*? Pues bien, meses después de los primeros *slogans*, el cliente ya recibía los textos para prensa y medios electrónicos, con novedosas frases y un *jingle* de pavor. Y claro, alguien tenía que pagar por todo ese trabajo.

Como es de suponerse, las malas nuevas de segundas y terceras fases eran acogidas de pésima gana por los clientes, que pronto comenzaron a exigir la implementación de un sistema de pago único.

Planes de pago: he ahí la clave de una relación constructiva. Si usted decide optar por el plan *Multifase*, que consiste en pagar al contado la cantidad que al pie de este documento se le solicita, yo le ofrezco la garantía de que no pensaré ni dos segundos más en esas asquerosas malteadas que usted comercializa: agua contaminada, costras agrias de nata, chocolate con rémoras fecales... Le aseguro que usted jamás se atrevería a ofrecer esas aguas negras a sus hijos, pero si actúa hoy mismo me evitará la pena de seguir con estas reflexiones, que ya de por sí retan a la imaginación. Pensará usted, tal vez, que le exijo una cantidad demasiado elevada, pero créame que a la larga resulta el más económico de mis planes de pago. *Multifase* es tres fases en una: el novedoso plan que garantiza inmunidad total para esa mierda hedionda a la que usted persiste en llamar *producto*.

En caso de que le interese conocer los *slogans* que me dispongo a procrear, sólo espere a una nueva comunicación y prepárese a dar cuerpo a sus más negros presagios. Ahora que si prefiere esperar hasta el final, sólo piense en los gastos y disgustos que su actitud negativa le acarreará, por no hablar del gustazo y la ventaja que todo esto dará a su competencia. Y no sería para menos: luego de tanto hacerme trabajar, lo lógico es que mis tarifas tiendan a incrementarse casi tan estruendosamente como la virulencia de cada nuevo *slogan*.

Recuerde: *usted no necesita esta publicidad*. De hecho, es lo último que su producto necesita. Líbrese para siempre de la amenaza de una feroz contracampaña y únase a nuestro selecto grupo de clientes integralmente satisfechos. Detenga hoy mismo la fatalidad que se avecina. No olvide que el mejor cliente es el que sabe bien lo que *no* quiere.

Money Valentine

Vecina querida:

Usted no me conoce, aunque yo sé que tiene buena estrella. Y por cierto, también mala conciencia. Vivo, desde hace varios años, en uno de los pisos altos de su edificio. Pero no crea que soy un buen vecino. Nunca me ha interesado saber quién vive arriba, debajo o a un lado de mí. Cuando alguien me saluda en la escalera o el elevador, permanezco invariablemente impávido, y me aseguro así de que no lo harán más. Al principio resuelven que soy un majadero, pero en cuestión de meses me transformo en fantasma. Nadie sabe lo que hago, ni les importa. Entro y salgo del edificio como una suave corriente de aire tibio que pasa de la sala a las recámaras enteramente inadvertida. Tal como los empleados de servicio van y vienen sin que los inquilinos adviertan el sentido de sus movimientos, no soy sino una ínfima fracción de este paisaje.

Hay quienes se dedican con ahínco a coleccionar postales. Otros, invierten tiempo y patrimonio en aprender idiomas. O computación. O artes marciales. Y en ocasiones se hacen verdaderos profesionales de su pasatiempo. Lo cual los llena de satisfacciones, y a veces contribuye a darle una mayor cohesión a sus lazos afectivos. Otros, en cambio, dilapidan dinero y autoestima en perseguir quimeras inalcanzables. El amor, por ejemplo. No me lo tome a mal, pero ya un par de veces he observado al pelmazo con el que usted malogra sus cariños a las puertas del edificio, y no preciso ni saber cómo se llama o cuánto gana el mequetrefe para tener bien claro que un palurdo como ése jamás la hará feliz. Lo cual no significa que no pueda desempeñar un papel en su vida. Su criado, su chofer, su limpiabotas, su marido. Algo de poca monta, claro está. Ya bastante fortuna ha tenido ese perdedor para toparla a usted en esta vida.

Le decía, pues, que hay quienes saben enfocarse sistemáticamente a la persecución de una meta, y quienes gastan su energía vital en las ensoñaciones más pueriles. Y lo importante no es que su novio pertenezca al segundo grupo, sino que un servidor figura en el primero: voy siempre a lo que voy. Y algo más específico: en vez de compilar timbres postales o aprender arameo por correspondencia, he entregado mi vida a estudiar y coleccionar experiencias amorosas. Noche a noche, semana tras semana, de mes en mes y año con año, he atesorado información que, le aseguro, su tieso noviecito no imagina que existe. Conozco los conceptos y variantes más osados del erotismo, tanto como los textos antiguos sobre la materia. Al propio tiempo, he puesto lo mejor de mí y de mi dinero en llevar cabalmente a la práctica todas esas teorías. He viajado por cinco continentes en busca de más alta sabiduría de alcoba, he aprendido inclusive a cocinar cada uno de los afrodisiacos citados en el *Ananga-Ranga*, más otros recogidos entre tribus remotas y herméticas con las que intercambié conocimientos, experiencias y artilugios varios. Le aseguro que se sorprendería si le dijera el número de horas que soy capaz de tenerla íntima, intensa e inolvidablemente ocupada.

No piense, por favor, que le falto al respeto. Como muy pronto podrá comprobarlo, le digo esto con brazos y ventrículos abiertos: elijo estar desprotegido frente a usted, aun si no es a mí a quien más le conviene llegar a un arreglo. Otros, con estas mismas técnicas, venden seguros de vida. Yo, en cambio, vengo a regalarle el único seguro que paga de inmediato, sin que medien calamidades ni tragedias. Digamos que le traigo un seguro de vida y la invito a cobrarlo, sin las molestias propias de tener que morirse. Mas he de ser concreto: revise usted el cheque que acompaña a esta carta, mírelo con confianza, obsérvelo a trasluz. Antes de que derroche el tiempo imaginando lo que podría hacer con todo ese dinero, sépase de una vez que corresponde exactamente al total de sus deudas con el casero, el banco y las tarjetas de crédito. Espero sepa disculpar la intromisión, ya que me resultaba indispensable la intercepción discreta de su correspondencia para calcular y reunir la cantidad que ahora tiene al fin frente a sus ojos, y podría decirse que en sus manos.

¿Qué es lo que pido a cambio, vecina querida? Sólo una cosa: que sea usted feliz. Y eso no se lo pido, se lo ofrezco. Pues amén de librarla de sus tristes tribulaciones de deudora, me propongo igualmente rescatarla de los demonios del desamor. Porque no va a decirme que el bueno para nada de su novio le ha permitido al menos un atisbo de lo que es el amor. ¡Por Dios, querida mía, no sea usted tan ingenua! ¿Quién puede ser amada profunda y sabiamente por un pelafustán que no es capaz siquiera del gesto elemental de liquidar sus deudas? Sin pretender hurgar en su sacra intimidad, me pregunto si eso a lo que usted virginalmente llama *clímax* le permite de menos olvidarse de la última jeta que le plantó el casero. O de los abogados del Bufete de Crédito y Cobranza, S. de R.L., que ya la amenazaron con practicarle un despiadado embargo.

Lo que yo le propongo es que tome ese cheque y hoy mismo se convierta en mi amante. Solamente una noche, y si al amanecer usted piensa que le mentí respecto a mis filosas capacidades amatorias, puede tranquilamente retirarse y retirarme el saludo, en la caballeresca certidumbre de que nada pasó. Como no sea, claro, la liquidación del total de sus adeudos, más el convencimiento de que yo, antes que un servidor, soy un estúpido, puesto que le he pagado una cantidad que, honestamente y sin menosprecio por su rara belleza, nadie más le daría. Ese es su seguro. Y si, por el contrario, luego de comprobar la verdad de mis palabras, encuentra usted deseable seguir siendo mi amante, puede hacerlo con la seguridad de que no pienso cobrarle un centavo del dinero que por su linda cara le estoy regalando. Así es, vecina querida: la recompensa será toda suya. Sin prima. Sin deducible. No importa si usted queda contenta o descontenta con mis servicios. Tampoco si un servidor, luego de conocerla a plenitud, opina que hizo un buen o un mal negocio. Tan pronto cante el gallo, tendré el gusto de coronar ese precioso cheque con mi firma. Y usted se irá de aquí con el sosiego propio de los que nada deben, o bien se quedará otro rato a disfrutar del resto de su buena estrella.

No pretendo, querida, granjearme sus afectos a través de esta oferta, sino sólo librarla de las tribulaciones que ciertamente no le permitirían arribar al nivel de relajación preciso para apreciar a fondo la calidad de mis servicios. De ahí que un servidor agradezca y procure la colaboración del amigo que nunca le ha traicionado. Es decir mi dinero, que ahora se apresta a irse de la mano de usted y regalarle un poco de la serenidad de espíritu con que a mí diariamente me compensa.

Y si de paz se trata, pronto comprobará que con este sistema usted soportará de mucho mejor grado incluso las torpezas de su novio, en vista de que mis servicios están libres de celos. Y hasta de suspicacias, porque como le he dicho: nadie jamás sospecha de un fantasma. Ahora mismo soy sólo una parte de sus sueños: aquella que, por cierto, se encarga de volverlos realidad. Si a pesar de ello usted considera esta oferta inaceptable o no del todo atractiva, sólo devuelva el cheque bajo la puerta del 801. En caso de aceptar, y con ello mostrarme que además de buena estrella posee una intuición excepcional, la espero en punto de las diez.

Sin más por el momento, la dejo en compañía del papel que esta noche podrá cambiar su vida. Contémplelo, acarícielo, recuerde que no he sido yo, sino su buena estrella quien llevó ese dinero hasta sus manos. Quedo, pues, en espera de arraigarla, embargarla y demandarla sin tregua ni receso hasta el amanecer, cuando llegue el momento de paladear la tersa paz de espíritu que una conciencia sucia jamás conocerá.

Ifigenia en *Disneyland*

Excelentísimo Señor Ex Presidente del Consejo:
Ha llegado el momento de evaluar su situación.
Como su antiguo amigo y nuevo sucesor en el difícil cargo, tengo el deber moral de ponerle al corriente del problema. Afortunadamente, *el problema*
sólo existe como tal si usted se empeña en el error
de confundir al dinero con la feria. Lana, pasta,
marmaja, guita, luz, capital, metálico, platica, mor-
lacos, parné, fondos, cash, efectivo, billete, varo:
feria.

Permítame abundar. Una noche cualquie-
ra, la mujer de sus sueños le confiesa: "Sólo quiero
tu feria." Y usted, que se ha gastado un dineral
en rosas, serenatas y otros rubros no menos
vergonzantemente improductivos, la mira amargamente y concluye: *¡Haberlo dicho antes!* Si examina-
mos el asunto a detalle, lo que aparentemente la
mujer solicita no es uno, tres o cien boletos para ir
a la feria, sino la feria misma. ¿De qué podría ser-
virle a la muy zorra ser dueña de una feria? ¿Tendría
que encargarse personalmente de hacerla funcionar,
o alcanzaría la feria para pagar el sueldo de los empleados? ¿No sería más práctico y económico pasar
por la taquilla y surtirse de entradas para los días y
noches más vibrantes de sus feriadas vidas?

El problema de ver al dinero en sí como una
feria es que termina uno trabajando para él: em-

pleado de la feria. ¿Ha visto usted a algún operador de Carrusel vibrando de emoción? ¿Aúllan y levantan los bracitos quienes engrasan las poleas de la Montaña Rusa? ¿Suda de miedo el mozo de la Casa de los Sustos? Pues ahí está el problema, que uno quiere el dinero no para buscar chamba en la Rueda de la Fortuna, sino para treparse en ella día y noche, disponer a placer del Látigo y el Tiro al Blanco y los Autos Chocones. ¿A quién que se divierta hasta las náuseas en el Pulpo van a robarle el apetito las futuras auditorías en la feria? Cuando el dinero constituye nuestra feria, nos tiene entre sus garras; mas si lo contemplamos como a esos boletitos de colores que nos pueden llevar del *Tiki Room* al *Matternhorn* sin otra condición que nuestro aguante, lo más probable es que ninguno quiera irse de este mundo sin haberse acabado sus boletos.

Analicemos, por ejemplo, el caso de las tres señoritas ya maduras de los Altos de Jalisco, mujeres sensibles y soñadoras que de visita por el Palacio de Bellas Artes decidieron comprar sendas entradas para ver a Keith Jarrett. Tal parece que se gastaron, entre las tres, nada menos que novecientos pesos; cantidad que a las señoritas les habría parecido razonable si a la postre el señor concertista se hubiese dignado interpretar, por ejemplo, la *Balada para Adelina*. Una vez terminado el concierto, coincidieron las tres en comentar: "¡Y en esto nos gastamos toda la feria!" Pero usted sabe que lo único que las señoritas realmente se gastaron fueron sus tres entradas para el concierto, cada una valuada en trescientos pesos a la vista y al portador, naturalmente convertibles en boletos para toda suerte de atracciones, lícitas e ilícitas. Pues los billetes no son ni pueden ser la feria de la vida, sino exclusivamente sus boletos.

Para los pocos que aún pueden permitírselo, poseer una feria y mantenerla en plena operación concede privilegios tan extremos como el de un día cerrar sus instalaciones sólo para gozarlas díscolamente. ¿Qué habría pasado si las tres señoritas a quienes recién dejamos refunfuñando a las puertas de Bellas Artes hubiesen comprado no sólo tres boletos, sino el concierto entero? Suponiendo que el concertista conviniese en interpretar los éxitos de Richard Clayderman y hasta tocarles *Los changuitos* en la sala de su casa, las mujeres tendrían que haber desembolsado cantidades muy superiores para conseguirlo. Ahora imaginemos a Keith Jarrett sacudiendo por la osamenta a su analista: "Doctor, ¿ha oído a Richard Clayderman?"

Claro que en estos casos cada uno ve las cosas a su modo, dependiendo de cómo le haya ido en la feria. Abundan quienes, cargados de boletos, se los gastan en juegos que les provocan vértigos, dispepsias y trastornos digestivos varios, mismos por los que nadie en su sano juicio aceptaría pagar. Hay también quienes nacen, crecen, se reproducen y abandonan la feria pensando en la mejor manera de, un día que jamás llega, quemarse sus boletos. Y no falta el obseso cuyo solaz consiste en acumular entradas, y de pronto quedarse con las de los demás, por el puro deporte de coleccionarlas, mientras otros se matan por arrebatárselas.

Como muy bien lo saben hasta quienes no lo tienen, el dinero es un invento de lo más entretenido. Con él puede uno matar el tiempo de maneras lo bastante elegantes para no tener que andar calentando en el coco pensamientos baratos como esos que a la vida la ven miserable. Si algún día usted supo lo que era besuquearse en una *kermesse*, no negará que lo único importante de la feria es saber cómo, dónde y con quién sacarle jugo al boletaje. Porque el dinero podrá no ser la vida, pero la feria sí que sabe serlo. Por eso, cuando la chica mala reconoce quererlo sólo por su feria, lo que intenta expresar es que ansía ardientemente una dosis extrema de vida. Y hasta donde se sabe no hay mejor forma de administrarse tan potente poción como con el apoyo solidario, incondicional y anónimo de una estupefaciente montaña de billetes.

¿Cómo entender a ese filatelista que tiene media casa repleta de estampillas pero jamás envía una jodida carta? Puesto de otra manera: ¿qué vale más, la feria o el boleto? ¿Sirve de algo adueñarnos de boletos para palenques a los que no podremos acudir? Quienes poseen marmaja suficiente para dar opinión fundada a este respecto, aseguran que la acumulación de boletitos concede una relajante sensación de poder. Esto es, poder ir a cualquier juego, y hasta darse el lujillo de no ir a ninguno. Porque cuando se tienen boletos de sobra, uno abandona gozos cándidos y benévolos como gritar, reírse, alzar los brazos o devorarse un algodón de caramelo, y a veces hasta trata de disimular lo bien que le está yendo en la feria. Y ya no mueve un músculo, ni expresa una emoción cuando, en solemne ceremonia, se sube por cienmillonésima vez a la Montaña Rusa. ¿Cómo no comprender, entonces, que haya gente cargada de boletos y aun así dispuesta a escapar de la feria por esa práctica salida de emergencia extrañamente conocida como *puerta falsa*?

Para el resto de las personas, el problema no está en las atracciones, sino en la crónica escasez de boletos. De ahí que, al confundirlos con la feria, quienes tanto los ambicionan tiendan a concederles un respeto rayano en la mistificación. Son legión quienes, con tal de hacerse dueños de la feria, estarían dispuestos a acuchillar a sus hijos delante del empleado de la taquilla. Pero si las entradas son de por sí pocas, el número de ferias disponibles resulta abrumadoramente limitado, y a menudo se sabe que sus dueños acaban demandándose unos a otros con tal de no morirse del aburrimiento. De manera que mientras los asistentes se comportan como los palurdos más dichosos del mundo, los dueños de la feria bostezan en lo alto de un *château* invernal con vista al Ratón Loco.

Yo sé que usted no quiere terminar así: contemplando su feria estérilmente. La verdadera vida tiene que ser algo más que contar boletitos. ¿Qué haría usted, por ejemplo, Excelentísimo Señor Ex Presidente del Consejo, si ahora mismo se apareciera una odalisca lujuriante y le exigiese, toda ella sin ropa ni vergüenza: "¡Dame feria!"? Antes de responderme, le ruego que revise estos reportes financieros. En ellos podrá usted constatar que se le ha terminado todo lo que los ambiciosos vulgarmente conocen como *feria*, y que apenas le alcanzan los boletos para un par de algodones de caramelo.

Mírelo de este modo: usted ya no posee ni un tornillo de su alguna vez inconmensurable feria, pero a cambio ella se ha quedado sin usted: ya no puede acosarlo en sus sueños con la amenaza de que lo va a dejar; ya nunca va a privarlo del fino deleite de acorralar nativas en el Túnel del Amor; ya se ha ido de sus brazos a los de otros infelices aburridos, que desde ahora tendrán que ir por la vida cargando con ella y soportando apodos tan ridículos como ese *Excelentísimo* que ningún pelagatos tiene que soplarse. ¿No se siente ligero, Señor Ex Presidente, sin esa payasada del *Excelentísimo*? ¿No cree que se hallaría más a gusto si en lugar del *Ex Presidente* fuera sencillamente el honorable Menganito Zutánez? Sea usted bienvenido al calvario del sueldo redentor, el sablazo a traición, el látigo en abonos y el ascenso divino. Aprenda a acostumbrarse a los desdenes de la secretaria y las lonjas de la cajera. Patee de nuevo botes, vuelva a pisar las cacas de los perros, agárrele cariño a colas y empujones. No olvide el jaquecón que le dejaba cada pítima con *Etiqueta Azul*, ni las tercas agruras que seguían a un atracón de Sevruga. Cuente cuántos problemas ya no tiene. Piense en lo lento que deben de pasar las horas en aquel balcón rancio con vista al peladaje. Y despierte, relinche, láncese a galopar detrás de más boletos para la feria.

Por lo demás, espero haya reunido en tantos años de esplendor la madurez bastante para entender, si un día nos topamos en la calle, que yo lo desconozca de inmediato. Recuerde que una cosa es haber compartido asientos en la feria, y otra muy diferente que seamos caballos del mismo Carrusel.

Confieso que he vendido / III
Hossana en el Precio

Es posible que usted, caballero, se pregunte, con ese escepticismo que delata una inteligencia privilegiada: *¿Pero por qué diez dólares? ¿No sabe este señor el trabajo que cuesta ganar los pesos, para encima venir a pedirnos dólares?* Fíjese usted, damita, observe, mi señor: un servidor ocupa la moneda norteamericana para poder llevar por todo el mundo este mensaje, pero no se preocupe, no pierda su equilibrio, no se deje llevar por la desesperanza, que con tal de que usted no se vaya de aquí sin haber alumbrado su camino, yo le voy a hacer buena una oferta especial para nuestro país. Sí, señor, esta es una oportunidad exclusiva para el pueblo mexicano: si ustedes se llevan ahora mismo *La Maja Barata* al razonable precio de diez dólares, un servidor les va a tomar sus pesos al tipo de cambio de ocho por uno. Y a ver, díganme ustedes, ¿quién otro va a ponerles los dólares en ocho pobres pesos? ¿En qué banco, señora, le dan los dólares en siquiera nueve o diez pesitos? En ninguno, ¿verdad? Pero yo, mis señores, no he venido a vender un servicio bancario. Un servidor no cobra comisiones ni busca hacer negocios. Por eso ustedes pueden *accesar* la sabiduría integral, más una confortable paz de espíritu, por el precio increíble de ochenta pesos. Sí, señora, un servidor le va a ofrecer diez dólares por sólo ochenta pesos.

¿Alguien quiere diez dólares? Venga por ellos. Créanme que si ahora mismo yo les pagara los diez billetes verdes a cambio de sus ochenta módicos pesos no estarían haciendo ni siquiera la millonésima parte del negocio que van a realizar con *La Maja Barata*, el novedoso método cósmico-gnóstico-filosófico cuyo sistema de enseñanza programada nos permite *accesar* los privilegios de la felicidad total en sólo cinco semanas. Cuéntelas: una, dos, tres, cuatro, cinco, de aquí al próximo recibo del teléfono usted será otra persona. Puesto que habrá alcanzado la plenitud de la cultura, la ciencia, la fe quizás perdida o acaso quebrantada, el gozo espiritual que tantos ambicionan, y pronto experimentará el retorno de la añorada lozanía. Es decir, mis señoras, que *La Maja Barata* es asimismo fuente de juventud, superior a cualquier tratamiento de belleza, toda vez que comienza por restaurarle no la piel, no la carne, no los huesos, sino primero el alma, después el corazón y luego lo demás, que es lo de menos.

Señor ejecutivo, señora ama de casa, señorita profesionista: ¿cuánto gastan ustedes en un solo curso de computación? ¿Cuánto les ha costado hablar y comprender el idioma inglés? ¿Se imaginan si hubieran podido aprenderlo en cinco semanas, por diez dólares? Y todavía mejor: por ochenta pesitos. Pues bien, amiga, amigo, he venido a ofrecerles un regalo que vale más que cientos de computadoras y cursos de idiomas, que se *accesa* integralmente en un máximo de treinta y cinco días, y que van a llevarse de mis manos por la mísera suma de ochenta pesos. Y es que yo no me gano ni un centavo, yo solamente cumplo mi misión, y mi único orgullo en la vida es poder ofrecerles, qué digo, *regalarles* todo un método cósmico-gnóstico-filosófico de enseñanza integralmente programada, nada menos que *La Maja Barata*, al ridículo precio de ochenta pesitos: diez dólares de los que *ya no hay*. O sea que si usted trae dólares, le voy a pedir diez; pero si me liquida en pesos, solamente por hoy se la voy a poner en ochenta. Ocho pesos por dólar: el primer milagro que operará en sus vidas *La Maja Barata*.

Cuando llegue a su casa, señora, nadie le va a creer que se ha llevado *La Maja Barata* por la risible suma de ochenta pesos, pero seguramente su marido, que entiende de negocios mejor que un servidor, sabrá evaluar la diferencia entre el pequeño precio y el inmenso valor de la felicidad y calidad de vida que ahora pongo en sus manos por diez dólares, *al tipo de cambio del siglo pasado*. Sin yoga, sin tai-chi, sin extensas sesiones de meditación trascendental. Medítelo ya: cambie ahora su suerte y su destino por sólo ochenta pesos. Intégrese al selecto grupo de personas que domina el misterio de *La Maja Barata*, el novedoso método cósmico-gnóstico-filosófico que en un plazo de cinco semanas transformará su vida.

Solamente imagínese, damita, la pesadumbre que le embargará si deja ir ahora mismo La Oportunidad y a partir de esta noche vive únicamente para lamentarlo. ¿Sabe la cantidad de coincidencias circunstanciales, históricas y astrales que supone ahora mismo nuestro encuentro? Se los digo bien claro, amigos míos: es un milagro que estemos aquí, ustedes con sus ochenta pesos y yo con el novedoso método cósmico-gnóstico-filosófico que les devolverá la fe perdida. Y si me atrevo a referirme a milagros, ello es porque les habla un sobreviviente de sus propios demonios. Yo les confieso, hermanos, que he conocido el lado oscuro de la existencia, y es por ello que ahora les traigo la luz de la alegría, el saber, la concordia, el liderazgo, el éxito. Fíjense bien: por sólo ochenta pesos.

Los besos comunicantes

Un momento, señora, déjeme que le explique. Los poetas hablan del beso de las diosas, los tahúres del beso de la suerte, los lascivos del beso a la francesa, pero curiosamente nadie hace comentarios sobre el más virulento: ese beso que no conforme con transmitir amor, deseo, saliva, sudor, sangre, partículas de pollo y piezas de amalgama, comunica penurias y aflicciones ancestrales, de modo que al así besarse la pareja se funde en una comunión antigua, y cuando menos piensan ya beben de una lava que por siglos estuvo cocinándose. Quiero decir, señora, que hay besos que corroen las entrañas, que duelen como latigazos en la piel de Cristo, que se nos clavan en la carne hasta infectarnos cada molécula de sangre. Besos con llanto y restos de tortura, con heridas y pústulas, con hambre y ambición y lujuria ultraterrena, besos con todo el peso del Viejo Testamento.

Voy a hablar de esos besos no porque me divierta, ni porque se me antoje, ni porque sepa cómo liberarme de los fantasmas que inevitablemente invocaré al hacerlo. Voy a hablar de esos besos sólo para podar un poco sus enredaderas: recuerdos mentecatos que se me van trepando por el cuerpo, chupándome los jugos y el sosiego, apestándome el alma, contaminándome los sueños de pesadillas donde yo tengo todo menos perdón de Dios.

No hay peor sordo que el que no quiere oír, se dice por ahí, asumo que pensando en alguien como yo. Alguien que viene un día en su Mercedes blindado, y sin ninguna explicación baja el vidrio para comprar un chicle. Porque yo estaba muy seguro y muy quitado de la pena dentro de esa cabina que aislaba los sonidos exteriores, en obvio contubernio con un extravagante equipo de sonido cuyo valor de cambio equivalía a cientos de despensas familiares. ¿Para qué quería chicles, si venía del dentista? ¿No había dentro del coche un clima exquisito? ¿No es obvio que era tarde y en la calle hacía frío y a mí jamás me dio por compartir las neumonías ajenas?

Te sedujo su gesto de dolor, bromeaban mis amigos, por entonces al tanto de mi vieja ruindad, pero eso era imposible porque traía hasta la nariz cubierta por el rebozo. Y no faltó el imbécil que dijera que en el fondo me hechizan las leprosas, pero si no me defendí ni acredité sus burlas fue porque no me dio la gana contarles la verdad. Más allá del cristal blindado, los chicles y el rebozo, flotaba entre *eso* y yo un magnetismo oculto del que no había forma de preservarme. Tal como otros acuden al llamado del abismo, aquella noche inhóspita y helada no hice sino atender al clamor de un destino imperioso. Cuando le abrí la puerta, ya le había comprado todos sus chicles.

No era una mujer linda, ni siquiera simpática, pero había en sus ojos una suerte de faro distante y angustiado. Una luz con mi nombre y un aviso: *Tú eres mi salvador*. Y en ese punto ya me había dado cuenta de lo poco que iba a servirme darle a aquella mujer el contenido entero de mi cartera, el Mercedes incluso. Porque esos ojos, además de implorar SOS, también descerrojaban una súplica vehemente y palpitante: *Bésame, por favor.* Lo cual, ya en términos prácticos, no era menos que una orden terminante: *¡Dame esa boca ya o púdrete por siempre!* ¿Qué iba yo a hacer? ¿Podrirme? No sé mucho de besos, pero yo le aseguro que los suyos no eran menos feroces que un enjambre de balas despedazando el aire. Y daban en el blanco, todos ellos, si bien bastaba uno, sólo uno de esos ósculos inenarrables para llorar con ella sus peores desventuras. De hecho, entre sus ojos y sus besos se las habían arreglado tan prolijamente que hasta después de mucho besuquearnos entendí que era muda. ¿Qué hace una pobre muda besando a un rico sordo? Atraparlo, supongo. Decirle a besos cosas que uno comúnmente no le cuenta al psiquiatra, ni al confesor (ni siquiera a la almohada, con sus plumas de amplísimo criterio). Cosas que a veces, pero muy a veces, se sueltan a la hora de la extremaunción. Sus labios se incrustaban en los míos como plantas carnívoras en lucha cuerpo a cuerpo, mientras sus garras se abrían paso entre mi cuello con obvias intenciones de tornarlo carroña, y su lengua daba las doce de la noche al filo de mi destemplada campanilla.

En los días que siguieron, sólo atiné a rendirme al vértigo caníbal de sus besos. Por medio de un lenguaje que era todo fluido, la mujer de los chicles reclamaba convites, diversiones, francachelas, vestidos, zapatos, joyas, viajes, y yo ya no pensaba sino en complacerla. De ser una persona arrogante, inconmovible y, como ya lo dije, sorda al dolor ajeno, esas desapacibles transfusiones de baba me habían convertido en amante perruno y dadivoso: Santa

Claus en poder del remitente. Y no había por dónde equivocarse, pues sus besos me hablaban de estirpes enteras que jamás conocieron santaclauses, ni piedad, ni milagros, ni mucho menos los asientos calientitos del Mercedes que terminé entregándole, luego de recibir el beso adolorido que me puso a llorar como un menesteroso en Nochebuena.

Vestida por Versace, Ferragamo y Tiffany, mi muda parecía una princesa a la vuelta del exilio. ¿Quién pensaría que unos días antes tamaño monumento a la exquisitez cargaba apenas una caja de chicles? Sólo yo lo pensaba, de repente, con la memoria blanda y apenas convicción. Aunque eso de tildar de *pensamiento* a los atropellados balbuceos mentales que ya sólo de vez en vez me visitaban, era como otorgar el rango de *voluntad* a la fuerza centrífuga que me impulsaba a darle a esa mujer cuanto era mío. Fue así que, al paso huracanado de unas pocas semanas consteladas de besos comunicantes, terminé por cederle cada una de mis propiedades. Una vez que salimos de la notaría, la mujer de los chicles se despidió de mí sin darme ya ni un beso, como si mi persona le inspirase natural repugnancia. Evidentemente, ya no tenía nada que comunicarme.

Volví a verla un par de años después. Era otra de esas noches gélidas, y eso lo sé de cierto porque venía en un carro sin calefacción. Adelante de mí estaba un Bentley que debía cotizarse en aproximadamente ciento cincuenta carricoches como el mío. Era ella, tal cual: mi muda elocuentísima, vestida una vez más de pordiosera. Toqué el claxon, aullé, bajé la ventanilla, hice cuanto me vino a la cabeza por llamar su atención. Pero es obvio que una mujer como ella jamás escuchará los bocinazos de un pobre carromato sin clima artificial. Maldiciendo mi suerte, la vi subir al Bentley con la caja de chicles en las manos. Y no quise ir detrás, tal vez por el consuelo que sentía de imaginarme al dueño de ese Bentley empujando un fordcito 82 dentro de un par de meses, y también por el *trac*, y *trac*, y *trac:* puntual como una tos a media hepatitis, el motor de mi Ford modelo 82 se había desbielado solidariamente. ¿Qué podía yo hacer? Lo único juicioso en esas circunstancias: prenderle fuego al Ford y largarme de ahí.

Es posible que usted, señora, crea que luego de tan tristes avatares terminé convertido en limosnero, pero eso es absolutamente inexacto. Jamás he mendigado ni le mendigaré un centavo a nadie. Tengo un trabajo honesto, mis ingresos mejoran a un ritmo razonable y a mis años no envidio los bienes materiales de nadie. Pero claro, si usted es una dama de buenos sentimientos ya habrá advertido cuál es exactamente mi terrible y vergonzosa carencia. O sea que por favor ya no me vea así. Guárdese sus monedas. Déme un beso, por caridad de Dios.

Requiescat in Rolex

La muerte es una ventana demasiado alta. Nadie puede asomarse, ni quién sepa qué diablos hay del otro lado. Se habla de paraísos, reencarnaciones y avernos, y ante tanto misterio hay quien prefiere asumir que no existe sino un vacío interminable. Una nada tan ancha y tan total que nunca más se vuelve de sus brazos polares. Y ese es el miedo con el que algunos crecemos: que al morir simplemente dejemos de existir, que no queden más que unas cuántas huellas que se vayan borrando con los días, los meses o los años, hasta que sea como si jamás hubiésemos estado.

¿Quién puede soportar la idea de ser ahora y ya no ser mañana? Tanto pavor tenemos a la horrenda sentencia que nos imaginamos a la muerte con rostro, esqueleto y guadaña. La vemos por las noches, dormidos o despiertos. Escuchamos su aullido, sus lamentos insomnes. Una voz que de pronto pronuncia nuestro nombre, como diciendo: *Yo jamás te olvido.* Una mano muy fría, temblorosa quizá, que pretende estrecharnos si le damos la espalda. Un viento antártico que ensancha la noche y es capaz de colarse por los más diminutos intersticios. Un lamento sin cuerpo que parece arrastrarnos a donde ya no hay cuerpos, y quién sabe si almas.

No hay riqueza que alcance para librarnos de este pánico. Por más que uno consiga vivir pertrechado de lujos y sirvientes, la interrogante le perseguirá con igual o mayor fuerza, ya que no hay como el ocio para dar de comer a estas cavilaciones. Yo no sé si eso alcance para explicar el hecho de que a veces uno prefiere desafiar a la muerte, tomarla a la ligera y, qué diablos, cruzar ciertas apuestas. O en mi caso jugar a la quiniela. Y eso es, tía Refugio, justamente de lo que quiero hablarte: la quiniela que ha unido para siempre mi vida con tu muerte. La herencia que hace un año me cayó del Cielo sin que tú, avara cósmica, pudieras evitarlo. Permite que te invoque una vez más (odio la sensación de estar hablando solo): Refugio Urías viuda de Solís, te estoy llamando yo, el más reconocido de tus sobrinos.

Nunca esperé que me heredaras, entre otras cosas porque, hasta donde sé, jamás nadie te vio compartir nada. Tus mismos hijos, siempre malcomidos, aguardaban con ansia las cenas familiares, donde además de atragantarse de empanadas y esconderse en las bolsas decenas de galletas, recibían las nuevas donaciones: pantalones raídos, camisas percudidas, cochecitos sin ruedas, muñecas desnucadas; sobras llenas de sombras, cascajo emocional. Recuerdo que sus cartas a Santa Claus eran dignas de un niño de rapiña: *Quiero el hornito mágico de mi prima Bibis y el triciclo amarillo de Juanón.* Los infelices no tenían ni diez años y ya zopiloteaban como su madre. ¡Que iban a imaginar tus menesterositos que tenías los ahorros suficientes para comprarles quince jugueterías! ¡Pero qué tal lo imaginaron los ladrones, hipócrita usurera? ¿Crees que no me dolió tener que hacer pedazos mi *Scalextric* antes de que se la llevaran para dársela a tus alimañitas? ¿Te imaginas el chasco cuando nos enteramos de todos los millones que te robaron? ¿Cómo explicarte que me sentí estafado?

Y sin embargo soy tu heredero indirecto, ése que se hizo rico al día siguiente de tu defunción; aquél que desde entonces te vive agradecido, por más que en vida te haya odiado amplia y deportivamente. El mismo que una tarde, muchos años atrás, convocó a sus catorce primos —es decir todos, excepto tus hijos— para armar la quiniela justiciera que a ti no te quitó un instante de vida, al tiempo que a nosotros nos dio una razón más para vivir. O al menos para no tener el mínimo interés en precederte camino del panteón.

La idea de la quiniela era sencilla. Se trataba de ir depositando una cuota mensual bajo el sistema de ahorro mancomunado: una cuenta bancaria con quince firmas, que crecería mensualmente mientras tú vivieras. Las apuestas, tú entiendes. Y esto fue hace veinte años, de manera que ya podrás imaginarte. Mes con mes, durante exactamente diecinueve años menos cincuenta y dos días, los quince convocados cumplimos con la cuota. Si a todo ello sumamos ciertos afortunados movimientos bursátiles que en más de una ocasión duplicaron e incluso triplicaron lo apostado, podrás imaginar que el día de tu muerte había en esa cuenta una no tan modesta fortuna.

Nunca pensamos que se juntaría un dineral así, pero siempre supimos que se dividiría en dos: una mitad se nos devolvería, en quince partes, al día siguiente de tu deceso, como consolación y premio a la constancia. La otra se quedaría entera con el afortunado que lograra atinarle al día de tu muerte. Un sistema sencillo, especialmente si son quince los concursantes. Puesto que a cada uno le tocan dos días del mes, más ocho horas al año, correspondientes a los cinco meses de treinta y un días. Más algunos ajustes por febrero y los años bisiestos, nada que la aritmética no pueda resolver. El caso, tía Refugio, es que a mí me tocaron los días 1 y 2, más las primeras horas de enero 31. Recordarás que durante diecinueve años sonó el teléfono en tu casa durante la noche que separaba al día 2 del 3. Doce veces al año, puntualmente. Escuchaba tu voz y colgaba. E inmediatamente después te deseaba salud y bienestar por los siguientes veintiocho días. Lo cual no es poca cosa, tratándose de una cucaracha como tú, a quien nadie deseaba nada bueno.

Pero no te incomodes, tía Refugio. Ni te canses de más moviendo muebles y candelabros para expresar tu enojo. Entiende que no soy de los que pierden piso delante de un fantasma. Desde el 2 de noviembre del año pasado, cuando tuviste el detallazo de pasar a mejor vida, no he hecho sino alabar tu santa puntería. Dudo entonces que sea correcto que te ensañes conmigo sólo porque me diste a ganar una quiniela. Si yo hubiera metido mano negra en el asunto, puedes creer que consideraría procedentes tus reclamos. Pero así como están las cosas, no me queda sino concluir que aun después de muerta sigues siendo la misma podrida cenaoscuras, y eso sí que está mal. Porque igual ese día no sólo yo cobré: los demás se llevaron la otra mitad. Uno se compró un Cadillac, otra sigue viajando, y en fin: todos ganamos. Y todos asistimos a tu funeral, ellos un tanto compungidos por la sensible pérdida y yo, cómo negártelo, ancho de gratitud. Tanto que hasta pagué de mi bolsillo tu corona y pronuncié un discurso repleto de mentiras antes de que tu cuerpo bajara al hoyo. Catorce sobrinos tristes y uno profundamente agradecido, juntos en torno a tu ataúd: no todos los roñosos se van al otro barrio con un saldo así.

El caso es que te dio por venir tras de mí. Durante un año has recurrido a todas las artimañas clásicas de las almas en pena. Has apagado velas, taconeado por los pasillos y arrastrado los muebles. Te metes en mis sueños y en los de mis empleados. Me escondes el reloj en lo hondo de la alberca, como si no se viera que es *deeply waterproof.* Y llegas hasta extremos tan de pésimo gusto como ese aullido cursi de *¡Ay mis hijos!* con que tuviste a bien lucirte la otra noche. Sin embargo, aun con tus desplantes de intrusa chocarrera, debes saber que no te tengo miedo. Soy un apostador con la conciencia limpia y un heredero rico en gratitud. Por mucho que te empeñes en jalarme los pies de madrugada, me basta medio librium para ni enterarme. Y es más: gracias a tus visitas he terminado por perderle el respeto a la muerte, pues me doy cuenta que los fallecidos no se vuelven por ello más astutos, y algunos siguen siendo tan mezquinos como cuando vivían. Solamente de oírte remolcar las sillas de la sala me puedo imaginar que, una vez muerto, encontraré la forma de esparcirme a costillas de los vivos. Aunque, a decir verdad, dudo mucho que ahora la estés pasando bien. Qué quieres que te diga, se te asoma el rencor.

¿Qué ganas, tía querida, con sembrar el terror entre la servidumbre de mi casa? ¿No crees que ahora, cuando al fin te has librado de esa cara de cuija estreñida que a todos asustaba, ya no tienes necesidad de seguir espantando a los demás? ¿Te costaría mucho aprovechar discretamente las instalaciones de esta humilde mansión para vivir la muerte a tus completas anchas? Porque habrás de saber que ya estoy un poco harto de pagar doble sueldo a mayordomo, cocinera, ama de llaves y doncellas, por la calamidad de trabajar en un lugar donde espantan. Y no me gustaría tener que recurrir a profesionales para mandarte con tus amarguras a sabrá Belcebú qué insalubre y pestilente limbo.

¿Te gustaría tener que ir a asilarte en la zahúrda que les dejaste a tus zopilotitos? ¿Verdad que los veranos son más cálidos a orillas de mi alberca? Lo único que te pido es un poquito más de discreción, y por supuesto mucho menos de todo este humor negro que ni siquiera a ti te hace reír. Recuerda, tía de mi alma, que desde que llegaste a importunarme lo único que has logrado es redimirme de las incertidumbres que a todos atormentan: en este último año me quitaste los miedos a la vida y a la muerte, puesto que en una y otra encuentro que hay maneras de pasársela bien. De modo que ya sabes: tu heredero indirecto te vive agradecido, pero si tú te empeñas en desafiarlo no va a tocarse el corazón para traer mañana mismo a un exorcista que te meta en cintura. Y en vista de que insistes en hacerte la occisa, tomaré tu silencio como una aceptación. Hasta mañana, tía, que te sonría la muerte.

Un caco de nuestro tiempo

Mire que tiene usted la cara dura. No sé si se dé cuenta de lo que está pidiendo, pero de cualquier forma se necesita mucha desvergüenza para hacerme una petición tan alevosa. ¿Tiene usted una idea de lo que vale mi tiempo? Yo tampoco la tengo, y ahí empieza el abuso: usted sabe muy bien que ignoro cuánto vale lo que me pide, y aun así persiste en solicitarlo. De hecho ni siquiera me lo pide; *me lo anuncia.* Cómo quiere que yo no vea la burla descarada en su sonrisa idiota cuando viene y pregunta, con esa mustiedad de monja pervertida: *¿Le importa si le robo un minutito de su tiempo?*

De una vez se lo aclaro, usted a mí no va a robarme nada. Mis minutos no están tirados a media banqueta para que estafadores como usted vengan y los expropien. Y esto de preguntarme si me importa me parece un sarcasmo del peor gusto. ¿Cómo no va a importarme que venga gente extraña y me quite mi tiempo, cuando *tiempo* es lo único que tengo en la vida? Años llenos de días, días llenos de horas y horas llenas de minutos, eso es lo que yo tengo, pero ni un solo *minutito,* de manera que guárdese sus *diminutivitos* para cuando se ocupe de su *vidita.* Entienda de una vez: tanto me importa que me robe el tiempo, que mire lo que tengo aquí apuntándole.

¿Le gusta? Es idéntico al de la canción: *Smith & Wesson*, .38 especial. Levante bien las manos, por favor. Ahora vamos a ver quién roba a quién. *Shhh*, calma, no le voy a hacer nada. Présteme su reloj para explicarle, no sea que por contar los segundos con los dedos se vaya a resbalar alguno en el gatillo. ¿Ya ve qué fácil es cuando coopera? Dígame, ¿alcanza a ver la manecilla del segundero dando vueltas? Lo que usted me pedía era que le dejara arrebatarme una de estas vueltas, a sabiendas de que mi dotación es rigurosamente limitada. Como la suya, sólo que usted recibe un sueldo por la gracia de salir a la calle a esquilmar los minutos ajenos. Y no me haga esos gestos de vendedor de biblias compungido; yo sé muy bien cómo lidiar con los ladrones a sueldo.

Ahora vayamos a la Patraña Original. Deme esos cuestionarios que le están tiritando entre las manos. ¿Ya ve? Siete hojas cada uno. Nadie llena catorce páginas repletas de preguntas en menos de diez minutos, pero usted tiene la desfachatez de acreditar la estafa de un minuto para luego robarse quién sabe cuántos más. A ver, ¿qué pasaría si empezara diciendo que en realidad no sabe ni cuánto tiempo se dispone a quitarle al entrevistado? ¿Verdad que hasta los más pazguatos lo mandarían a la mierda? Podríamos pensar que es usted inocente, y hasta que tiene un vago sentido del transcurrir del tiempo, si no fuera por el reloj que lo delata. Porque sabe lo que hace, cómo no. De lo que sí quizás no tenga plena conciencia es de la fechoría que está cometiendo, porque es obvio que pertenece a una gavilla de ladrones totalmente burocratizados. Salteadores mecánicos que roban los minutos de diez en diez.

¿Sabe por qué exigí que me entregara los cuestionarios? Por un lado, y esta es una cuestión de elemental civismo, me es preciso impedir que siga usted robando tiempo impunemente. Por el otro, ello le facilita tener las manos libres para dejarlas arriba. Bien arriba, las dos, si es tan amable. ¿Le importa si le saco la cartera? ¿Verdad que sí le importa? Démela usted mismo, para que sepa lo que vale el respeto. Con calma, suavecito, no vaya yo a ponerme nervioso y *bang, bang, bang,* ¿qué tal? Ahora póngalas de vuelta donde estaban. Sin sentirse muy listo, no sea que nos suceda una desgracia. Pero, oiga, ¿qué no siente bochorno de penar por la vida con cuatrocientos pesos en la bolsa? ¿Cree que la señorita de esta foto se va a querer casar con un ratero prángana? No quiero ni saber con cuánto lo sobornan por venir a robarme mi precioso tiempo, pero voy a brindarle un gesto de clemencia: acepto esta risible cantidad, que no me compra más de un tanque de gasolina, como un intento franco, aunque ridículo, de indemnización simbólica, y procedo a confiscar el cuerpo del delito, que en nuestro caso vendrían siendo los cuestionarios y el reloj. Me los llevo, también, para evitar que usted reincida, pues no creo que sea sano perdonar al ladrón sin antes confiscarle las ganzúas.

Por la manera en que me mira deduzco lo que está pensando: Soy yo el ladrón, ¿no es cierto? Tal vez tenga razón, pero al menos yo no ando por la vida pidiendo *permisitos* para llevar a cabo lo impermisible. Tampoco lo seguí, ni lo embosqué, ni corrí tras de usted. Simplemente saqué el revólver y le mostré el cañón, de manera que usted pudiera comprender la gravedad de su agresión. Por poner otro ejemplo, ¿qué prefiere, que lo estafen a usted o que me roben a mí? Pues algo parecido pensé yo. De modo que si va a ir de quejiche con el cuento de que lo asaltaron, espero tenga al menos el valor civil de aclarar que se trató de un asalto en defensa propia.

¿Cree a poco que no he visto la medallita de oro que trae colgando? ¿Soy tan mal asaltante como para ignorar que lleva, según el que hasta hoy fue su reloj, seis minutos con veintisiete segundos tratando de enroscar los dedos para disimular el anillazo? Le voy a agradecer que deje de juzgarme atrabiliariamente. Como ya se lo he dicho, pienso quedarme sólo con lo que me corresponde. Usted ha pretendido robarme cínicamente mi tiempo y yo le he puesto un escarmiento del calibre de su mala obra. Si me diera por apropiarme de su anillo y su medalla, le daría el derecho a tacharme de vulgar raterillo, tal como lo hice cuando usted me amenazó con robarme un minuto pequeño, y yo descubrí a tiempo que se disponía a sustraer de mi existencia una indeterminada cantidad de minutos, cada uno de ellos de tamaño estándar.

Dígame, por favor, cuánto vale su anillo. ¿Qué cantidad sería suficiente para comprarle su medalla? Claro, usted no es tan ruin para ponerle precio a cosas que no lo tienen, pero bien que se atreve a intentar despojarme del más precioso de todos los bienes. Cierto es que en este caso percibo una pequeña compensación, y usted obtiene una lección de conducta cívica que espero aprecie en todo su valor; más que perder el tiempo, lo estamos invirtiendo, sin para ello tener que robárselo a nadie. Como toda la gente civilizada. Y en fin, no le quito su tiempo. Ponga las manos contra la pared, cierre los ojos y cuente cinco veces hasta cincuenta. Espero, por su bien, que no lo vuelva a hacer.

La cadena degollada

Esta es La Milagrosa Cadena Irrompible de San Carlos Mansón, que en seiscientas gloriosas ocasiones ha dado la vuelta al mundo, remediando sus males y sanando sus dolencias. Hoy San Carlos Mansón viene a ti con la buena nueva de que pronto recibirás mucho dinero. Una mujer en California no atendió a este mensaje y amaneció desnuda, acuchillada y rodeada de fotógrafos. Un hombre en Texas lo obedeció al pie de la letra y se hizo presidente de los Estados Unidos. En un plazo de 6 (seis) días, remite este mensaje a 6 (seis) personas elegidas al azar en el directorio telefónico y envía por correo un cheque de viajero de 100 (cien) dólares americanos a la dirección que aparece al pie de este mensaje, con tu nombre al reverso del sobre. En un plazo de 6 (seis) semanas recibirás 600 (seiscientas) veces el monto de tu donativo.

IMPORTANTE: Anota en un lugar seguro nombres y direcciones de tus seis destinatarios. Y si alguno quebrara el Sagrado Eslabón, te encargarás personalmente de acuchillar 6 (seis) veces a esa estúpida persona. Recuerda que no hacerlo te acarrearía graves y quién sabe si equivalentes consecuencias.

Apenas si dudé que fuera broma, pero luego a la duda le dio por crecer. ¿Era un amigo quien se hacía el simpático? ¿Sería simple humor ácido y no más? ¿Quién era así de minucioso en la crueldad fingida? ¿Pero qué tal si todo era verdad? La Cadena explicaba muy claramente que se trataba de desconocidos elegidos al azar. Yo, por ejemplo. Yo, que si lo deseaba podía enviar una carta denunciando al usuario del P.O. Box 2710 en Baton Rouge, Louisiana. Amenazas, chantaje, fraude, yo qué sé. A la gente la encierran por esas cosas. Aunque, si La Cadena de San Carlos Mansón era lo que decía ser, mi error podía salir incomparablemente caro. Por alguna razón, los cobardes solemos albergar la creencia, a todas luces petulante, de que nuestro pellejo vale más de cien dólares.

No faltó quien se riera de mí. "Esas son idioteces", me decían. Aunque la verdadera estupidez era andar por ahí comentándolo. Finalmente el problema era mío, y en el peor de los casos podía resolverse con cien dólares. Más algunas monedas en sobres, copias y estampillas, si realmente quería deshacerme de la preocupación. Pensé en otros problemas, los de verdad, y deseé amargamente que pudieran borrarse con cien dólares.

—¡Qué diablos! —decidí. Temprano en la mañana del día número seis puse el cheque en el sobre y lo mandé a Louisiana. Luego, ya en la oficina, saqué discretamente las seis fotostáticas y atrapé el directorio telefónico. Primero me busqué apellidos raros: Anteparaluceta, Pelcastre, Santelices, y después decidí ensañarme con los Gómez: quién les manda ser tantos. Llevaba cinco destinatarios escogidos cuando un demonio interno levantó la mano. Se me ocurrió pensar que si —tal como yo creía— todo esto no pasaba de ser un chiste macabro, mis dólares me daban derecho a responder con otra broma, por lo menos igual de tenebrosa. Un chiste que me hiciera gracia sólo a mí, que para eso también pagaba boleto.

Encontré el nombre de la niña en menos de lo que se quema un billete de cien dólares. Ya no sería una niña, claro. Habían pasado veinte años desde la última vez que no me atreví a hablarle. Luego acabamos la primaria y no volvimos a vernos. Esto último suponiendo que cuando niña me hubiera dedicado alguna vez una mirada. ¿Por qué tendría, al fin, que haberme visto? En cambio yo jamás olvidé su sonrisa, ni sus ojos, ni su nombre: Morgana Valdivieso Beristáin. Con un nombre como ese hasta un ciego te encuentra. Y allí estaban sus datos, relucientes. Cerrada de la Amargura 7 bis. 5548-0856. ¿O sea que vivía sola? ¿Sería soltera, divorciada, viuda? ¿Estaría esperando a *Mr. Goodbar* o, no lo quisiera Dios, a *Goodbar Jr.*? Llamé y me contestó una voz de mujer: sentí un vuelco traidor en las entrañas. Colgué y sin más pensarlo escribí el nombre y la dirección en el sobre. Salí de la oficina de correos presa de un extrañísimo estado de felicidad. Tardía y retorcidamente, tal vez, pero al fin le había enviado una carta al amor de mi vida.

Nadie me había visto romper las reglas. La Cadena decía: "seis personas elegidas al azar", pero yo escogí a una con premeditación. ¿Se lo creería Morgana, como yo? ¿Sentiría algún temor? ¿Enviaría los dólares a Baton Rouge? Eso era lo de menos:

al fin la había encontrado. Bien o mal, Morgana y yo sosteníamos ya formal correspondencia, gracias al milagroso San Carlos Mansón. Pero, ¿y si no era broma?

En un par de semanas me olvidé de Morgana y La Cadena, tenía demasiados problemas de dinero y muy pocas opciones para resolverlos. Hasta que me llegó la primera confirmación de Baton Rouge. Sentí una rara mezcla de hilaridad y miedo: uno de los dos Gómez se había tragado el cuento. Debía de haber por ahí un listo recibiendo dinero de todos los miedosos como Gómez y yo. Pero unos días más tarde llegó el salvoconducto de Pelcastre, seguido del de Santelices y el del segundo Gómez. Aunque faltaban dos: Anteparaluceta y Valdivieso, mi todavía distante pero siempre entrañable Morgana.

Para ser una broma, La Cadena arrojaba resultados milagrosos. Aún entonces quedaban dos personas sensatas, que no iban a dejarse chantajear por supercherías. Eso pensé, orgulloso, hasta que apareció bajo mi puerta la confirmación por el cheque de Anteparaluceta. En casi un mes habían respondido todos mis destinatarios, menos el único que me importaba. Iríamos por la quinta semana cuando llegó la carta:

Nadie puede romper La Milagrosa Cadena Irrompible de San Carlos Mansón, que en seiscientas gloriosas ocasiones ha dado la vuelta al mundo, remediando sus males y sanando sus dolencias. Piadoso y comprensivo, el Santo te regala una oportunidad para reparar el Sagrado Eslabón: acuchilla 6 (seis) veces en su domicilio a la persona que intentó romper nuestra Cade-

na. Serán 6 (seis) cuchilladas, ni una menos. Cuando hayas terminado, junta 100 (cien) dólares entre sus objetos personales y envíalos al apartado postal que ya conoces. Recuerda que hay una fortuna en tu camino. Defiende el rumbo de tu buena suerte: repara ya el Sagrado Eslabón, y recuerda que sólo quienes cumplen con el código a la letra se libran de pagar extremas consecuencias. No intentes repararlo de otra forma, ni dejes que la ínfima fe de una desconocida termine con tu sino y tu fortuna. Recibe, mientras tanto, una muestra de amor de San Carlos Mansón.

Nadie manda de broma seis mil dólares. La cuenta era sencilla: sesenta veces mi inversión, el diez por ciento de lo prometido. No podía ser menos, si es que de veras era una cadena irrompible. Con sesenta mil dólares yo podía quitarme unos buenos problemas de encima. Renegociar mis créditos, salvar la casa, volver a ver la luz. Parecía un milagro de los mil demonios. ¿"Una desconocida"? ¿Quién les dijo que era mujer? ¿Y si ellos lo sabían todo de antemano: mis amores, mis deudas, mis terrores? ¿Creían que iba a acuchillar a mi Morgana? ¿Qué argumento usarían para persuadirme? ¿Sesenta mil dólares? ¿O sea que esperaban que canjeara tranquilidad de conciencia por bienestar económico? *Esperaban, creían, sabían...* ¿quiénes? ¿La Iglesia de San Carlos Mansón? ¿Cómo podían verme? ¿Quién me espiaba?

Al día siguiente, en la oficina, abrí el cajón del escritorio y me di cuenta que no había salida: *alguien* había metido una pareja de canarios muertos, atados por las patas con un listón morado. Debajo estaban juntas, engrapadas, una pequeña estampa de San Carlos Mansón y una atenta misiva del bufete de cobranzas: tenía menos de dos semanas para liquidar mi deuda, de lo contrario procederían a rematar mis pertenencias. Estaba horrorizado, confundido, necesitaba tener cerca a Morgana. Pero un par de pastillas después me pregunté qué tanto se parecería la Morgana de mis sueños a la mujer que residía en Cerrada de la Amargura 7 bis. De seguro sería diferente. ¿Quién podía asegurarme que no era una arpía detestable?

Antes que nada tenía que saberlo, necesitaba una reacción espontánea: marqué su número, esperé a oír su voz y me entregué a jadear como un depravado impotente. Y eso fue exactamente lo que ella me gritó antes de cortar la comunicación:

—¡Depravado impotente!

¿Qué se creía Morgana? ¿Yo tratando desesperadamente de salvarle la vida y ella ofendiéndome como a cualquier extraño? Lo que es la gente malagradecida. De no haber sido por su pichicatería, su insensibilidad, su pobreza de espíritu, todo habría pintado de otro color. Ya lo decía mi madre: *Quien nace para maceta no pasa del corredor.* Yo la había elegido para ganarse todos esos dólares y ella osaba pagarme con desdenes e insultos. Una cosa era clara: no podía perdonarla.

Salí temprano del trabajo y fui directo hacia Cerrada de la Amargura. Esa mujer, a la que erróneamente yo había amado tantos años en tortuoso silencio, era el único obstáculo en mi camino a la felicidad. Para ella, yo no era sino un pobre depravado impotente. ¿Tenía derecho a que la viera como una diosa? ¿Era justo que en todos esos años hubiese renunciado a tantas otras sólo por serle fiel a su recuerdo? ¿Iba a perderlo todo por salvar a ese monstruo egoísta? No, no y no. Seiscientas veces no.

Cuando la vi llegar ya era de noche. La esperaba muy cerca de su puerta, detrás de unos arbustos, temblando del rencor: masticaba una rabia hambreada de revancha. Me gustaría decir que estaba ciego de la ira, pero podía ver perfectamente. Y lo que vi fue el rostro de La Madona Cósmica. Unos ojos de mediodía a medianoche, unos labios de seda resplandeciente, un aura de hermosura más poderosa aún que la de mi ensoñado recuerdo. Una mujer así no podía ser todo lo que cualquier depravado impotente rebuznaba sobre ella. Un mujerón como ése tenía que venir del Cielo. Me asomé poco a poco, di dos pasos al frente y caí de rodillas. *Perdóname, Morgana*, murmuré. Después me levanté y conté una, dos, tres, cuatro, cinco, seis.

Nadie me dijo que debía matarla. Claro que le dejé dos cicatrices en los brazos y otras cuatro en las piernas, amén de practicar la confiscación especificada en las instrucciones, pero eso era mejor que asesinarla entera. La carta era muy clara: seis cuchilladas. ¿Hablaba algo de muertos, muerte, matar? Nunca, de ningún modo, para nada. Varios días después, ya repuesta del *shock* y los piquetes, Morgana misma solicitó encarar al heroico desconocido que le había salvado la vida en la penumbra. Es decir, aquel depravado impotente que la llevó volando en su coche al sanatorio, rezándole hasta al mismo San Carlos Mansón por detener la pérdida de sangre. Como bien observaron los doctores —criterio decisivo a la hora de exculparme ante la policía—, *sólo gracias a mi oportuna intervención se había conseguido salvar la vida de la señorita Valdivieso Beristáin.* Apenas pisé el cuarto, perdí el piso. Ante mí sonreía, como en un espejismo, la mujer más soñada de mi vida, plena de resplandor, colmada de dulzura y por supuesto llena de gracias. Si eso no es un milagro, yo soy San Carlos Mansón.

Poco menos de dos semanas después, recibí un milagroso cheque por cuarenta y ocho mil dólares, acompañado de una nueva estampita de San Carlos Mansón y una nota que acreditaba la deducción de seis mil dólares por el concepto 38: "Excepciones al código". Miré en silencio la severa imagen de San Carlos Mansón y comprendí el mensaje: mi saldo kármico quedaba en ceros. Estaba ya, por fin, al otro lado de La Cadena. Y *ella* estaba conmigo: cortada, cosida y completa. Resolví mis problemas, cambié mis perspectivas y unos meses más tarde me casé con Morgana.

Desde entonces vivimos felices, tenemos todo cuanto hemos anhelado en la vida y bendecimos el azar que nos unió. Aunque yo, ya en privado, no ceso de agradecer a San Carlos Mansón por la divina gracia recibida.

No es preciso que creas esta historia. He intentado contar mi experiencia tal como la viví, y espero que te sea de provecho. Si aún no has conseguido comprender el mensaje, regresemos al grano:

Esta es La Milagrosa Cadena Irrompible de San Carlos Mansón, que en seiscientas gloriosas oca-

siones ha dado la vuelta al mundo, remediando sus males y sanando sus dolencias...

[Sigue texto completo de la carta y *atento aviso*: *Sin excepción de persona, a partir de esta fecha todo acuchillamiento incluirá el degüello correspondiente.*]

Las tentaciones de San Mercurio

Es verdad que no todas las tarjetas hablan. Al igual que sucede con las lámparas de aceite, sólo algunas han sido previamente invadidas por el correspondiente espectro. Y si bien cualquier asesor financiero en sus cabales nos aconsejará prestar oídos sordos a ese espíritu y devolver inmediatamente la tarjeta al banco emisor, pocos son los tarjetahabientes que denuncian la presencia del fantasma. En mi preciso caso, todo empezó cuando, por causa de un extraño yerro administrativo, recibí de las manos de un mensajero mi primera tarjeta de crédito. Incapaz de decir: *Debe haber un error, yo soy un pobre diablo*, cerré la puerta, me senté en el piso y contemplé extasiado la prestancia y el porte del Mercurio con alas. Quiero creer que fue por el influjo de ese rapto mitológico que encontré natural la súbita presencia del interfecto.

—Pídeme tres deseos —sugirióme la voz de Mercurio Encarnado cuando me disponía a estampar mi firma en la tarjeta.

—Quiero un Jaguar del año, una mansión en Bel Air y a la *playmate* de junio esperándome adentro —exigí en voz muy baja, deslumbrado y febril, rebosante de gulas repentinas.

—No pasa... —informó el genio—. Pide algo razonable.

—¡Razonable! —me indigné ante el descaro del avariento alado.

—Nunca has tenido coche y exiges un Jaguar. No has pagado la renta de tu covacha y pretendes mantener una residencia. No te alcanza para comprar un pinche *Playboy* y quieres darle gusto a una *playmate*. ¿Ya viste que ni siquiera te dieron tarjeta internacional? ¿Por qué crees que sea eso, prángana infeliz?

—Más prángana eres tú, que sólo cumples deseos de segunda —me defendí, indignado por su insolencia.

—Acuérdate que tus deseos han sido siempre de tercera —tuvo el mal gusto de aclarar, como dando a entender que me conocía de tiempo atrás. Y entonces procedió a recordarme cada una de las veces en las que debí renunciar a mis anhelos por culpa de una terca escasez de fondos. Aquella ninfa exótica que se quedó esperándome en el Vips con todo y cena. Los amigos que dejaron de invitarme a beber cuando dejé de invitar las bebidas. El semblante contrito de mi novia cuando le confesé que no tenía boletos para el concierto de Roberto Carlos.

—Quiero ver a Roberto Carlos en concierto, ir a cenar al Vips regularmente y reunirme de nuevo con mis amigos —exigí, una vez más entusiasmado. Cuando menos lo pensé, ya estaba firmando los tres *vouchers* correspondientes.

—¿Y luego? —sugirió el genio. A lo cual respondí:

—¿Y luego qué?

—¿Vas a ir con esa pinta de indigente digno? ¡Cómprate unos zapatos, cuando menos!

—Pero, amigo Mercurio, ¿no eran tres los deseos?

—Dije tres por decir cualquier cosa, pero tampoco voy a limitarte —respondió arteramente el de las alas, aludiendo a los plenos poderes de mi rúbrica.

En los días que siguieron me vi firmando cuentas de todos los calibres, tanto que en poco tiempo ya era cliente distinguido del Vips, alto mando del club *Irmãos em Robertinho* y el mejor amigo de todos mis amigos. Mercurio, por su parte, no cesaba de proponerme nuevas y suculentas adquisiciones. Hasta que un día, cuando me disponía a apoderarme de una exquisita colección de videos de Roberto Carlos, fui informado del fin de mi límite de crédito.

Indignado, me encerré en el baño de la tienda e increpé duramente a Mercurio. ¿De dónde iba a salir ahora mi conferencia magistral en la VII Convención Mundial de Fanáticos de Roberto Carlos? ¿Qué diría de mí la mesera del Vips que ya me conocía por mi nombre? ¿Cómo iba a renunciar a mis amigos? ¿Se daba cuenta del peligro que corría mi prestigio social?

Por toda respuesta, el miserable alado me mostró un estado de cuenta. Debía casi quince meses de sueldo, se acumulaban velozmente los réditos luciferinos y algo peor: mi tarjeta había sido boletinada.

—Saca otra tarjeta y paga con ella lo que le debes a ésta —me aconsejó Mercurio. Debería decir: me acorraló.

Diecisiete tarjetas más tarde, aterrizó en mi vida el primer abogado. Según me explicó, había logrado endrogarme por una cantidad 48 veces superior a mi valor intrínseco. No queriendo profundizar en tecnicismos, largué de ahí a patadas al pérfido cagatintas y procedí a zamparme cinco frascos de somníferos.

—¡Espera! —gritó el salvador alado cuando iba a la mitad del primer frasco—. Soy tu ángel de la guarda. Me puse en los zapatos de Mercurio porque no soportaba que los otros ángeles me llamaran *prángana*. Y con tal de que no me juzgues con dureza, te saqué una extensión del límite de crédito de todas tus tarjetas.

Dicen que algunos genios crediticios recurren a artimañas tan vulgares como la de hacerse pasar por ángeles guardianes, pero ello es insignificante comparado con la estadística según la cual el 94.3 % de los genios crediticios son, en realidad, súcubos adictos al lujo y el derroche. Manipuladores naturales. Embaucadores de pobres diablos.

O sea que mi deuda era punzante, señor juez, pero tampoco tanto para destripar a nadie. Yo le juro que cuando le clavé la pluma fuente en el ojo no era un abogado, sino el mismo Señor de las Tinieblas disfrazado de genio disfrazado de mi ángel de la guarda. No tiene que creer en mi palabra: ¿Ya notó que mis límites de crédito se quintuplicaron? ¿Y usted cree que a un pobre diablo como yo le van a andar prestando esas cantidades? O sea que una de dos: esto podría ser asunto de allá arriba o de allá abajo. En cualquier caso, lo más posible es que allá arriba me prefieran allá abajo, y que allá abajo me prefieran en la calle. Si no para qué me iban a prestar tanto dinero, ¿verdad?

Enciérreme si quiere, su señoría. Ojalá usted sí sepa con quién se está metiendo.

Confieso que he vendido / IV
Yo, Pescador

No soy un vendedor, ni un negociante: vivo modestamente pero a plenitud. Por ello no me duele, ni me afrenta, ni me abochorna referirles el caso de un hombre que volvió de entre las sombras, que conoce el dolor y la tribulación, el miedo y la zozobra, la miseria y el extravío vital. Sí, señores, les habla un perdulario arrepentido, un cordero que en mala hora se extravió, un ser humano débil como tantos que pretendió seguir el camino más fácil y terminó rodando por el fango. Mi vida, amigos míos, era un despeñadero sin principio ni fin: los vicios, los excesos, las pasiones procaces y el diario desenfreno me arrastraban pendiente abajo hacia la nada. Sucedió así que al paso de los meses fui perdiéndolo todo: el trabajo, las amistades, el respeto, el apego, el amor de mis seres queridos. No exagero al confiarles que jamás antes vi un rostro tan envilecido como el mío. Sí, señor, sí, señora, un servidor cayó hasta lo más hondo, y ya se hallaba próximo a renegar del don de la existencia cuando llegó la luz a su camino. Yo se los digo ahora, amigos míos: ustedes nunca olvidarán la mañana de su primer encuentro con *La Maja Barata*.

¿Quién no quisiera un día poder trazar la línea que separa al pasado del futuro y decir: *A partir de mañana seré un hombre completamente nuevo*? Un mejor padre, una ejecutiva exitosa, un alumno superior, una más eficiente secretaria... Díganme, por favor, damas y caballeros, quién de ustedes no sueña con volver a empezar. En el amor, en la amistad, en lo moral, en lo profesional, díganme quién no quiere una segunda oportunidad, quién no toma la mano que ahora les ofrezco. Porque las criaturas del Señor cometemos errores, pero es por Su misericordia que podemos, en escasas pero preciosas ocasiones, enmendar el camino y enfilar por la senda del crecimiento mental, espiritual, afectivo, profesional. ¿No es verdad, joven estudiante, que usted a diario se propone ser un alumno excelente, un hijo agradecido, un novio fiel, un solidario amigo? Ustedes, señoritas, no me digan que desconocen la contrición, el desencanto, el agrio sentimiento de derrota que nos embarga cada vez que rompemos un buen propósito. No entendemos entonces que nos hemos perdido, que nuestro mismo miedo nos oculta las cosas esenciales, y en tal estado anímico y espiritual no es posible cumplir satisfactoriamente con propósito alguno.

Piénselo bien, amigo estudiante: ¿podría usted sacar justo provecho de sus libros a la exclusiva luz de una luna en cuarto menguante? ¿No le parece que estudiar en esas circunstancias supondría un sacrificio colosal, y que ello afectaría la calidad de su aprovechamiento? Pues lo mismo sucede con la vida: nadie puede avanzar sin luz en el sendero. Y tal era la situación de un servidor en la hora más negra de su existencia, cuando inclusive el guiño de la parca parecía cautivarle. Hasta que cierto día, prácticamente al filo del precipicio, se encendió en mi camino la antorcha del saber, el legítimo faro de la concordia, la estrella que guió mis pasos hacia fuera de aquella pesadilla. Yo sé muy bien, señoras y señores, lo que me sucedió. No fue casualidad, ni buena suerte, ni tampoco capricho del destino. Se lo digo, damita, de todo corazón: a un servidor le acaeció un milagro.

Pero yo no he venido a hablarles de mi vida, sino a obsequiarles una idéntica oportunidad. Ustedes ya no tienen que esperar una señal del Cielo; no tienen que dudar, ni que sufrir, ni que penar por años para ver la luz. Desde hoy, a partir de hoy, sólo por hoy: una vida distinta, un presente más sólido, un futuro más claro: borrón y cuenta nueva con *La Maja Barata*, el novedoso método cósmico-gnóstico-filosófico que optimizará su vida para siempre. ¿Le parece un milagro? Y eso que no ha vivido la experiencia de succionar la pulpa del conocimiento humano en las cinco semanas que nunca olvidará. Un servidor les dice únicamente la verdad, no sólo porque nada se ganaría con mentirles, sino por el respeto que debe a la misión que da sentido a su vida.

Sí, señor, estoy libre de envidias, de rencores, de dobles intenciones. Mi trabajo no tiene que ver con compra-venta ni responde a las leyes de oferta y demanda. Puesto que esta encomienda consiste en expandir la luz que una vez alumbró mi negra incertidumbre. En treinta y cinco días dejé las desveladas, la bebida, las costumbres profanas y la vida en tinieblas, y así vi cómo el miedo y el dolor se retiraban milagrosamente de la escena. Sí, señor, sí, señora, en treinta y cinco días recobré la sonrisa, la serenidad, la autoestima, la fe. Mis amistades regresaron, mi familia creyó de nuevo en mí, cuando menos pensé ya estaba recibiendo tentadoras ofertas de trabajo, tanto que estuve cerca de aceptar la gerencia ejecutiva de conocida empresa cuyo nombre no estoy autorizado a revelar, pero al final mi compromiso con la luz pudo más que mis meras ambiciones materiales. Paradójicamente, amigos míos, no es mi felicidad, sino la suya, la que me hará dichoso. Cuando le llegue el tiempo de abandonar este valle de lágrimas, solamente sus bienaventuranzas habrán dado sentido a la existencia de este siervo de ustedes. Créanme, gente buena; porque andaba perdido y me encontré, porque estuve en tinieblas y ahora veo la luz, porque he vuelto del calcinante Purgatorio sólo para ofrecerles *La Maja Barata*, el novedoso método cósmico-gnóstico-filosófico que durante las próximas cinco semanas les devolverá la Jerusalén perdida. Por eso, hermanos míos, compañeros de ruta, pasajeros en tránsito hacia la plenitud y la armonía, les ruego me perdonen si ahora y aquí mismo me arrodillo: *¡Gracias, Maja Barata!*

La filantropía en el comedor

Antes que resentir un peso en la conciencia por la omisión de una presunta *buena obra* que jamás me propuse realizar, me pregunto cómo se atreve usted a confundir a un méndigo con un mendigo. Por más que sea posible ser una y otra cosa al mismo tiempo, distinguimos en éste al que pide caridad, y en aquél a quien sin complejos la niega. No obstante, habiendo en este mundo más mendigos que morralla en nuestros bolsillos, es seguro que hasta el más dadivoso de los mortales habrá de merecer tarde o temprano el sonoro adjetivo: *méndigo*.

Aún más injustamente, vemos que con frecuencia la franqueza del méndigo es tomada por *envidia*. ¿Por qué los que no tienen acusan de *envidiosos* a los que no quieren dar, cuando cualquiera sabe que la envidia no es hija de la tacañería, sino de la carencia? ¿No será que los mendigos viven condenados a ser los únicos envidiosos de la historia, mientras que al verdadero méndigo le corresponde sólo la calidad de díscolo?

"¡Hay que compartir", rezaba un viejo *slogan* de Coca-Cola, como queriendo convencernos de comprar más refrescos y poniendo para ello de pretexto una extravagante fraternidad entre méndigos y mendigos. Con lo cual observamos que hasta aquellos que invierten su dinero en quitarnos lo díscolos son a final de cuentas unos méndigos. Puesto que muy dudosamente van a regalarnos sus refrescos, pero insisten en que nosotros regalemos los nuestros. Para que luego, claro, tengamos que comprarles más.

¿Quién es más méndigo: el que invita a repartir lo que no es suyo o el que dice "No, gracias, soy un díscolo con la conciencia limpia"? ¿Qué corrompe más la conciencia y envilece peor el alma: la distraída insolidaridad del insensible o la ambición rayana en ojeriza que le arrebata el sueño al envidioso? ¿No es evidente que el que estira la mano para pedir lo hace a despecho de su dignidad y su amor propio, exhibiendo groseramente sus penurias con tal de despertar la generosidad ajena, mientras que quien le niega la caridad por la humana razón de que está juntando sus ahorritos para comprarse un Lamborghini lo hace sinceramente, y hasta diríase que con el corazón en la mano?

Pero no crea que todo esto se lo digo con el ánimo de contradecir sus loables sentimientos filantrópicos. Por experiencia sé que es más fácil resistirse al chantaje taimado de la publicidad que al impulso franquísimo de, por ejemplo, socorrer con billetes y calor humano a una desamparada bailarina de mesa. O sea que quien es díscolo con una mano tiende a ser generoso con la otra. Que lo diga, si no, la esposa desdichada que solloza a solas porque su cónyuge es neón de la calle y pajuela del hogar. Es decir que la luz la reparte en otras partes, y quién sabe si no en diversos hogares, lo cual podrá hacer de él cualquier cosa, mas no un díscolo absoluto, pues de sobra sabemos que los absolutismos difícilmente aceptan la diversidad. Vea, si todavía duda de mis palabras, a esa mujer piadosa que sale de su casa con la frente muy alta porque sus donativos a la iglesia son constantes y cuantiosos. Ahora pregúntele a su cocinera cuándo fue la última vez que la méndiga vieja le subió el sueldo.

Se ha dicho que los ricos son los primeros méndigos, y esto en alguna proporción debe ser cierto. No obstante vea usted, si es que puede, cómo dejan los platos los acaudalados. ¿No es verdad que allí queda la mitad o la totalidad de las espinacas y las papas, que el rechoncho filete raras veces se lo acaban, que a la cocina vuelven panes y tortillas apenas mordisqueados, manoseados o apetecidos? Veamos, en cambio, los restos de la comida de un mendigo: ni siquiera las ratas, animales pobrísimos, hallarán las migajas necesarias para engañar al hambre, pues he aquí que el mendigo se ha ocupado de no dejar allí ni su saliva. Dirá usted, con razón, que esto no acusa en el mendigo la existencia de un méndigo, sino en todo caso la supervivencia de un muerto de hambre. Pero yo le respondo, con el seguro apoyo de las ratas, que una cosa no niega la otra: uno puede ser díscolo porque no quiere dar o porque apenas tiene para darse a sí mismo. ¿Ya ve lo que le digo? Méndigos somos todos, la diferencia es pura propaganda.

Seguramente usted, como profesional de la mendicidad, se ha dado cuenta que mi ropa es de marca. Y ya habrá calculado el precio de mi coche. Y hasta se otorgará el gusto malsano de soñar que por una noche duerme en mi casa, rodeado de sirvientes, mesalinas y otros juguetes de alta tecnología. Sin ser yo quién para despertarlo de tan exuberantes ensoñaciones, debo decirle que ninguno de esos placeres me basta para levantarme de la cama antes de la una de la tarde, ni para darme el sueño a media madrugada. Usted, en cambio, sabe que abrir los ojos un poco más tarde supone la monserga de ser importunado por los policías del parque, y habrá días en que es el hambre la que lo hace madrugar. Por eso ahora se siente con la autoridad moral bastante para tacharme de "méndigo envidioso" sólo porque no me ha dado la gana socorrerlo. Es decir, por no querer compartir con usted, que ruge de hambre, algo de mi exquisita inapetencia.

¿Qué me diría usted si yo ahora mismo le pidiera una rebanada de hambre? ¿Se reiría, tal vez? ¿Me consideraría un méndigo desquiciado? ¿Creería que se trata de una estratagema para negarle las monedas que me pide? En uno u otro caso, le aseguro que no podría socorrerme. Puesto que, a diferencia de las riquezas, el hambre no se puede compartir. Y créame que a mí me falta en la misma medida que usted carece de lo supuestamente elemental. Sólo que medio mundo se empeña en socorrer a los hambrientos, mientras por los inapetentes no hay quien alce la voz.

Pongámoslo bien claro: el díscolo soy yo y el envidioso usted. Y como dudo mucho que mi pobre dinero sirva para reparar ninguna de las dos calamidades, lo único que puedo prometerle es que llegando a mi casa pediré que me sirvan esa cena abundante y envidiable con la que usted quizás soñará hoy, y trataré de devorarla con el hambre que dice padecer. Así quedaré libre del 50 % de su insulto: seré méndigo, pero ya no envidioso. Y puede que mañana se me ocurra repartir unas cuantas monedas entre algunos mendigos que no serán usted, con lo cual quedaré 100 % libre de las responsabilidades que trata de endilgarme. En tanto, espero no le afecte que me acabe de un trago la Coca-Cola gélida de la que no me da la gana convidarle ni un méndigo centímetro cúbico.

¿Sabe qué es lo más feo de ser díscolo? Que uno acaba encontrando bienestar en la envidia podrida de los otros. Y yo disfruto enormemente los ojos que usted le echa a *mi* cartera, a *mi* reloj, a *mi* exquisita Coca-Cola helada. De manera que ya puede irse en paz: ha hecho su buena obra de este día.

El *Stage* y la Revolución
(Un día en la vida de Vladimir Obladá)

Compañeros de ruta y de trinchera:

Un fantasma recorre el fin de siglo: el marxismo-lennonismo. En este memorable y sentido centenario, que a su vez representa la coyuntura histórico-dialéctica más difícil y decisiva para esta nuestra lucha planetaria, me dirijo a ustedes con la aflicción del correligionario consternado y la resolución del militante enardecido. Es por eso que no me tiembla la voz para fustigar a los traidores, ni me temblará el dedo para señalarlos; como tampoco titubea mi lealtad para enviar a cada uno de ustedes un abrazo fraterno y solidario. Pues nos hemos reunido, compañeros, para enfrentar el desafío histórico de seguir, preservar y defender los auténticos fundamentos del marxismo-lennonismo. Por eso les pregunto: ¿están listos para pelear aquí, allá y en todas partes?

A lo largo de cien años de lucha y reivindicaciones solidarias, nuestro movimiento ha conquistado varios de los espacios y territorios que históricamente le pertenecen. Pero eso, compañeros, no ha sido suficiente. Año tras año perseguidos e infiltrados por falsarios, filisteos y quintacolumnistas, hemos sobrevivido con la fuerza de espíritu que ahora y siempre distingue a los marxistas-lennonistas, pero ojo, compañeros, todavía nos queda un mundo por cambiar. A un siglo de distancia del sacrificio que oscureciera al mundo, al tiempo que inundaba de luz nuestra innata misión, ha sonado la hora de enfrentar a esos cobardes, y vamos a empezar por identificarlos.

¿Qué nos dice la Historia? Como nadie lo ignora, y aun cuando el enemigo se ha empeñado en negarlo, nuestro Líder no murió a manos de un fanático cualquiera. ¡No ha sido así, señores asesinos! Hace cien años, el compañero John Winston Lennon fue ultimado arteramente por uno de esos lobos disfrazados de oveja que en tantas ocasiones han logrado sumarse a nuestras filas. ¿Hablo quizás de fieras de rapiña, de insectos panteoneros, de parásitos infraintestinales? Peor aún, compañeros: me refiero a los mccartneístas, esa gentuza abyecta sin moral ni principios que todavía hoy pretende vivir en el ayer, y con un inaudito cinismo nos conmina a *dejarla ser*.

Pero antes de caer en tan burdas artimañas, analicemos punto a punto la cuestión: ¿Qué exactamente quiso decirnos nuestro Líder cuando nos invitó a "dejarlo ser"? ¿Que debíamos tolerar la insostenible ligereza de los ringófilos, el escapismo insolidario de los harrisonistas y, una vez instalados en la suicida inconsecuencia, el descaro falaz de los mccartneístas? Ni muertos, compañeros. Eso es únicamente lo que los traidores quieren que entendamos, porque a ninguno de ellos le conviene que un marxista-lennonista comprenda y haga suyo el auténtico significado de aquellas visionarias palabras. ¿Qué es, pues, compañeros, lo que ustedes y yo debemos *dejar ser*? A la luz de nuestra inconmensurable responsabilidad histórica, los genuinos depositarios del marxismo-lennonismo hemos resuelto permitir a propios y extraños que sean justamente lo que tienen que ser. Esto es, marxistas-lennonistas. "Yo sólo creo en mí", decía nuestro Líder, y cien años después de su muerte aquí estamos: creyendo sólo en él.

Sabemos lo que somos, compañeros. Es inútil que los señores mccartneístas pretendan confundirnos con el obvio sofisma de que ellos y nosotros somos iguales. O hermanos. O amigos. Por eso, antes que nada, valdría preguntarnos: ¿Qué es un mccartneísta? Sin embargo, ninguno de nosotros estaría dispuesto a sumergirse en la ínfima inmundicia para intentar una respuesta exacta: no queremos saberlo. De modo que procedo a preguntarme: ¿Qué *no es* un mccartneísta? Y eso sí que lo sé, compañeros, con la certeza de un marxista-lennonista. Voy a decirlo en siete sencillas palabras: *un mccartneísta no es un ser humano.* ¿Cómo podría ser nuestro pariente, aliado o compañero de batalla alguien que no es humano, y que por ello no merece siquiera que lo consideremos *alguien*?

Observen a esos pérfidos cantar, con los ojos abiertos y la sonrisa pronta. Entonces yo pregunto: ¿Por qué tanta alegría? ¿Se acabaron las guerras? ¿Ya somos todos parte de una utopía universal a prueba de fronteras? ¿Nos hemos liberado del karma instantáneo? ¿Verdad que no, compañeros? Entonces, díganme, ¿cuál es la causa última de que los mccartneístas luzcan tan sonrientes? ¿Será que todos ellos tienen motivos para sonreír que nosotros desconocemos? Seguramente sí, compañeros, pero antes de que yo les diga de dónde viene tanta y tan espuria algarabía, quiero dejar bien claro que no se trata de *muchos* motivos, sino sólo de uno; y que no lo ignoramos. De hecho, lo conocemos perfectamente, tanto que ahora y siempre nos hallamos unidos por su causa.

¿Quieren que yo les diga de dónde viene ese execrable bienestar?

¿Debo acaso vencer al horror y la náusea para echar luz ahora sobre la sucia génesis de una dicha malsana?

¿Es preciso colmar nuestros fraternos corazones de la sed de venganza que deberá seguir a la denuncia de tanta impenitencia?

Compañeros: ustedes lo han pedido. Sus corazones claman por una verdad áspera e hiriente, y no me queda más que revelarla. Ea pues, compañeros, escúchenla y asúmanla: los mccartneístas no se muestran tan contentos porque estén muy enamorados de la vida, ni porque su futuro sea luminoso, sino justo al contrario: los canallas sonríen y se alegran porque miran con odio satisfecho hacia el pasado. Por eso, cuando dicen que "en el ayer sus problemas se miraban tan lejanos", no hablan de sus desleales y misérrimas vidas, sino de aquel deceso que los hizo dichosos. Sí, compañeros, por terrible que suene, la verdad sólo es una: los mccartneístas bullen de alegría por la misma razón que hizo a nuestros heroicos ancestros desgraciados, y que no es otra que el asesinato de nuestro Líder, a manos de un cobarde mccartneísta.

Pobre de aquel que crea que tras esas sonrisas complotistas se oculta alguna forma de candor. Caer en esa trampa, compañeros, equivale a atribuir sentimientos humanos a las hienas. Pues, igual que las hienas, los mccartneístas nos reciben con sonrisas, pero los que sabemos de sus fechorías y su íntima podredumbre no ignoramos la rotunda vileza que subyace a esa mueca sardónica y viciosa. Los invito ahora mismo a cerrar los ojos y recordar el rictus mccartneísta, en apariencia alegre, ingenuo y despreocupado. ¿Pueden imaginarlo, compañeros? ¿No es claro que en sus gestos farisaicos, en sus miradas melosamente torvas, y hasta en los sonrosados suburbios de sus fauces inmundas podemos ver el rastro de la sangre derramada? ¿Es sólo amor, o se oculta por ahí un arma caliente? Ahora todos abran los ojos y respondan: ¿Debemos los marxistas-lennonistas ceder al guiño hipócrita del matarife?

Sobran quienes afirman que no todos los mccartneístas son iguales. Es decir, que hay algunos inocentes, a quienes no tendríamos que imputar por el crimen primigenio. Por su parte, los mccartneístas intentan convencernos torpemente con el argumento de que ninguno de ellos disparó el gatillo. ¡Ja! ¡Pero si basta con mirar de nuevo sus sonrisas para encontrar en ellas la alegría homicida que no saben ni cómo disimular! ¿No es claro, compañeros, que el primer objetivo de esos turbios retozos es cubrir el cochambre de la cloaca que tienen por conciencia? Señores mccartneístas: no pueden engañarnos. Tanto peca el que ríe del dolor de Jesús como aquél que le puso los clavos en la cruz.

Es preciso ser fuertes, compañeros: nos hallamos rodeados de mccartneístas, cada uno resuelto a liquidarnos. En tales circunstancias, tolerar disensiones amigas o devolver sonrisas enemigas equivaldría a darnos un tiro en la sien. Por eso, haciendo alarde de magnanimidad, invitamos a nuestros adversarios a marcar una línea sobre el piso y confesarnos de qué lado están. Pero no me refiero a los nefarios mccartneístas, cuyas zarpas ensangrentadas jamás habremos de estrechar, sino a todos aquellos que, engañados por ese mccartneísmo emocional que ha cundido como la verdadera peste del siglo XXI, se miran reducidos a la opción miserable de militar en las irresponsables sectas revisionistas cuya existencia no hace sino llevar agua al molino feroz del mccartneísmo.

A esos desvergonzados ringófilos que tantas veces han buscado corromper al héroe de la clase obrera, llamándolo a abordar el submarino amarillo de la burguesía, los marxistas-lennonistas les recordamos que estamos al tanto de sus desviaciones, y que tal vez mañana sea ya muy tarde para corregir el rumbo.

A la pandilla de sombríos harrisonistas que todavía hoy persisten en vendernos el opio de esos cultos orientales que privilegian la contemplación estéril sobre la auténtica acción revolucionaria, los invitamos a reflexionar en su actitud sectaria e individualista, cuya sola ocurrencia contradice y vulnera los principios fundamentales del marxismo-lennonismo.

Y en cuanto a los atroces mccartneístas, sólo puedo pedirles que desaparezcan: ¡Fuera de aquí, señores! No queremos sus votos, ni su apoyo, ni menos sus sonrisas criminales: vaya nuestro desprecio entero y puro para esas alegrías homicidas. ¡Atrás, he dicho, engendros! Hoy más que nunca, los marxistas-lennonistas estamos preparados para responder sin ninguna piedad a sus provocaciones. Y en cuanto a esos esbirros del neomccartneísmo que a diario se solazan subrayando los viejos desacuerdos que tanto daño han hecho a nuestra causa, me es preciso advertirles que hoy estamos unidos y nada, ni siquiera su insidia vergonzante, podrá ser suficiente para dividirnos.

Saludamos a las heroicas compañeras de las Juventudes Yokoístas; a nuestros fieles y sempiternos aliados, los Lennonistas del Noveno Sueño; a los bravos y valerosos partisanos que combaten al lado del Frente Popular de Liberación Liverpoolista; a las Brigadas Plásticas Antimccartneístas, semillero ideológico, militar y moral del marxismo-lennonismo; a nuestros mártires; a nuestros partidarios; a nuestros combatientes; a nuestros semejantes en conciencia. Vengan juntos, compañeros. Tomémonos ahora de las manos e imaginemos un mundo sin países, sin fronteras, sin edén, sin averno, sin religión, sin guerras, sin ambición, sin hambre, sin esclavos, sin dueños, pero antes que todo eso *sin mccartneístas.*

¿Cuántos siglos de escarnio e ignominia pensamos esperar para plantar el alto a esos falsarios? ¿No han bastado cien años de sonrisas traidoras para encender la pira de nuestra indignación? ¿Podemos conciliar el sueño de los justos mientras esos infectos se mofan de nosotros? ¿Dejaremos pasar un siglo de mentiras sin aplicar siquiera el debido escarmiento? ¿Toleraremos luego la vergüenza histórica de ser los precursores, y aun los alcahuetes de un mundo mccartneísta? ¿Nos temblará la mano para exterminarlos? ¿O será, compañeros de ruta y de trinchera, que tal vez tres o cuatro entre nosotros no acaban de asumir su compromiso, y acaso consideran como probable opción al mccartneísmo...?

Que les quede bien claro: no vamos a dejar una sola sonrisa mccartneísta en su lugar. Buscaremos en calles, oficinas y escuelas; en talleres y clínicas; en iglesias, comercios, cárceles, aeropuertos; nuestros mismos hogares podrían estar infiltrados por agentes activos del mccartneísmo. Reconozcámoslos por la seña inconfundible: ninguno de ellos es marxista-lennonista. O sea que es muy fácil, compañeros: si el sospechoso no es uno de los nuestros, seguramente es uno de los suyos.

Podrán decir que somos soñadores, señores mccartneístas, pero el único sueño que en verdad nos desvela es convertirnos en su pesadilla. Alcen ya las antorchas, compañeros: incendiemos la noche de este siglo difícil.

La cutrefacción rosada

Hay destinos que apestan, y éste es de ésos. Qué más quisiera uno que poder desplegar hondos conocimientos y refinada educación. Entregarse a narrar sus viajes por el mundo con pasión y prosapia. Hablar de su pasado y su futuro como estaciones igualmente idílicas en el tren de la existencia. Decir: "Estoy contento con la vida", como se vive idilio con el sol después de la más fría madrugada. O cual si esta mañana, caminando por el Paseo de la Reforma, hubiérame topado con una cartera colmada de marmaja: puros billetes grandes, papel inapelable como un decreto del destino.

¿Cuándo fue la última vez que levantó del piso un paquete repleto de dinero sin dueño? ¿Sería acaso el mismo día en que de pronto se me acercó Uma Thurman a proponerme un súbito y voraz ayuntamiento? Uno puede gastarse su vida y otras veinte iguales aguardando a que pase una cosa así. Y si le digo que hay veinte, y cincuenta, y mil y diez millones de existencias iguales a la mía, es porque he descubierto que los destinos apestosos resultan, además, *uniformemente* apestosos. O sea que si yo ahora mismo consiguiera canjear mi destino por el suyo, le aseguro que ninguno de los dos estaría haciendo el gran negocio. Sólo por la manera en que me mira puedo asegurarle que el hedor de su destino es tan inconfundible —esto es, tan ordinario— como el mío. Por más que a una como usted la busque medio mundo y a uno de mi calaña medio mundo le tema como a un virus, yo a usted la identifico sin posibilidad de error, como la media sucia reconoce al pie podrido.

Es injusto, lo sé. Pero nadie nos dijo que la vida sería justa. Nadie nos prometió fama y fortuna, ¿o sí? ¿Le han prometido a usted sus numerosos clientes que la harán muy dichosa por los grandes momentos que les ha vendido? ¿Para qué prometer? Ellos pagan, usted entrega y todos contentos. Aunque si uno lo mira con detenimiento, nota que los clientes parecen más contentos que la proveedora. ¿Por qué? ¿Porque sus vidas son más plenas y dichosas? De ninguna manera, prenda mía. Si ellos fueran felices no andarían tras de su atareadísima persona. Y eso lo vuelve todo más injusto, porque observamos que es usted el más vituperado de los analgésicos. Señalada por adjetivos terminantes e ingratos como *alegre, mala* o *fácil*, parecería que nadie acredita sus virtudes. Con excepción del diccionario, que de cualquier manera comete una flagrante ingratitud al definirla a usted como "mujer que hace negocio con su cuerpo". Ya puedo imaginar lo que está usted pensando. "¿Quién les dijo a esos mercachifles de la lengua que *esto* era negocio?" Y yo añado: ¿Cómo pueden saber los mojigatos que la vida de usted es *alegre, fácil* o por lo menos *mala*? ¿No hacen las castas beatas, antes que usted, lo que se dice un mal negocio con su cuerpo?

No pretendo insinuar con estas desinteresadas reflexiones que sus tarifas me parezcan especialmente bajas. Aun así no dudo, prenda mía, que su cuerpo debiera cotizarse tan alto como la más rara de las gemas, pero ya sabrá usted que el precio desmerece cuando sus exquisitas redondeces se muestran disminuidas por esa resignada indiferencia que fatalmente distingue a las profesionales de su ramo. Quiero decir que con las puras muecas de fastidio que usted seguramente planta en horas de trabajo, yo tendría suficiente para exigirle un descuento, por más que regatearle la tarifa a una profesional del público consuelo vaya contra las leyes elementales de la caballería. Pues debe usted saber que los hombres se dividen en dos: caballerosos y caballerescos. Unos llenos de fines, los otros de principios. El resto, entre ellos casi toda su clientela —sin fines ni principios, pero ricos en medios—, no son hombres. No para mí, ni para usted, que en este caso somos los que contamos. Quiero decir, los dos destinos pestilentes que a esta hora se cruzan para nunca volver a ser los mismos.

En cuanto a lo terrible de mi vida, no sabría decirle por dónde empezó. Sucedió como tantas tragedias mustias, que no comienzan propiamente nunca, pero encuentran el modo de enquistarse en la rutina y atraparnos despacio, sutilmente, haciéndonos firmar una por una las capitulaciones necesarias para que cualquier día nos descubramos muertos. O sea que si usted creía que mi olor era el típico de los perdedores, permítame invitarla a ejercitar una vez más su olfato. Acérquese, inhale bien profundo, inunde sus pulmones de este aroma. Pero no haga esos gestos, que me desmoraliza. ¿Ya distinguió mi olor? ¿Y quiere que le diga por qué no me he bañado en los últimos veinticinco días? Para que usted, luego de tanto soportar la sutil pero penetrante pestilencia que despiden los cuerpos de los perdedores, tenga una idea clara de cómo exactamente la percibo yo, que a pesar de las apariencias me precio de tener un olfato finísimo. He esperado diez largos y deprimentes días para al fin emboscarla en esta calle.

Pero no se apresure a buscar en su bolso. No es cosa de dinero. Y si ya está temiendo por su integridad física, créame que no tiene de qué preocuparse. Si observa bien, verá que este cuchillo apenas tiene filo. Su función no es intimidatoria, sino decorativa. Pues así como me he olvidado de mi aseo para hacerle más claro este mensaje, preciso amenazarla para que capte bien la urgencia de mis palabras. Sí, la estoy atacando. Tengo amenazas espantosas apuntando en contra suya. Pero no vengo por su bolso, ni por su integridad. De la tarde a la noche la he visto desfilar con numerosos clientes fuertemente cautivos, mas ni así me interesa llevarme sus ganancias del día. Tampoco es mi intención hacer uso alevoso de las instalaciones de su empresa, por más que éstas sean firmes, modernas y opulentas. Conserve, se lo ruego, el rictus de terror. No olvide que esto es un formal asalto a su destino.

Se preguntará usted cómo es que no encontré algún sino más favorecido. O uno menos hediondo, si prefiere. Déjeme que le diga la verdad: es mi primer asalto, y quiera Dios que el último. Míreme, estoy temblando, pero no porque dude de la eficacia de mi sistema. ¿Recuerda, prenda mía, a los tres primeros clientes que atendió? ¿El gordo de los lentes, el calvito contento y el canoso con caspa? Pues bien, sus respectivas cabezas ya descansan en el refrigerador. Me refiero al de usted, el de su casa. Y tendría que decirle que necesita una nevera con más capacidad. Mire estas *polaroids:* son las cabezas de los tres infrahombres cuyos billetes trae usted cargando. Pero obsérvelas bien, porque no va a volver a verlas. Si usted rechaza mi propuesta, para el momento en que llegue a su casa ya los policías habrán aislado el área. Pero si acepta, haciendo gala de su flexibilidad profesional, le aseguro que yo personalmente me encargaré mañana del aseo escrupuloso de su cocina. Mire otra vez las fotos. Si se fija con calma, cada una de las cabezas tiene un mismo fondo: la colcha de su cama. Y hay decenas de pruebas en su contra, todas en mi poder. Sólo imagínese lo que sería de su ya pestilente destino si además tropezara con semejante piedra. O piedras: no olvide que son tres. Pero yo sé que usted no va a sufrir por eso. Basta con que mañana mismo acepte ser mi esposa ante la ley, y consecuentemente venga a vivir conmigo. Le aseguro, prenda mía, que si todo va bien no tendré nunca que desenterrar esas cabezas, y un día usted se morirá tranquila sin siquiera saber dónde las sepulté o cuáles son las otras pruebas en su contra. Y fíjese muy bien lo que le dije: *tranquila.* Le estoy vendiendo las ventajas de una existencia libre de remordimientos, puesto que todos sus pecados me los he echado encima desde que decidí decapitar a esos cobardes. Y en cuanto a mi apariencia, comprobará que apenas salga de la regadera le pareceré mucho menos repugnante. Y no me va a decir que sus clientes acostumbran cuidar ese detalle.

Antes de que responda necesito advertirle que, si bien disto de ser el mejor de los maridos, suelo bañarme a diario y comer poco. Aunque, como ahora ya lo sabe, no me gusta perder. Por eso me he ocupado escrupulosamente de poner ante usted dos destinos a elegir: uno es mucho más negro que su pasado, y el otro empieza justamente borrando esos precedentes que tanto la comprometen. Mírelo: es un destino todavía insípido, con la ventaja de que aún no huele a nada. Deje ya de chillar, por favor. Si no ha parado de pensar en el detalle de las tres cabezas, le ofrezco mi palabra de caballero andante: no sucederá más.

¿Ve usted ese velero perdido en la distancia? Haga un esfuerzo, cierre fuerte los párpados si le es preciso. ¿Ya lo vio, prenda mía? Es su pasado. Se está yendo, no piensa regresar. Voy a darle un consejo: *no olvide despedirse del pasado.* Acuérdese cómo es de rencoroso.

La *Viuda* está en otra parte

El *champagne* y el amor son veleidosos: uno llega a pensar que nunca se acabarán, y cualquier día se agotan al unísono. Antiguamente las carrozas se volvían calabazas; hoy basta con cambiar de marca de cigarros para saber que el sueño dio de sí y es preciso explicar por qué lleva uno quince meses atrasado con la renta. Por qué las cuatro llantas del carromato lucen desmejoradas a extremos oncológicos. Por qué los taxis no se paran cuando y donde yo quiero. Por qué estoy recordando frente a un vino envasado en tetrapak el momento en que me miré al espejo y murmuré:

—Qué asco: un nuevo pobre.

No sé si el Evangelio diga algo sobre el acto de discriminarse a sí mismo, pero si por mí fuera no me permitiría ni entrar a mi casa. De hecho, me he prohibido toda reflexión acerca de las tristes condiciones en que sobrellevo mi infortunio; no tanto porque crea superfluos tales pensamientos, sino por causa de la pulcritud elemental que me impide siquiera dirigirle la palabra a un prángana de tan reciente cuño como yo. Puesto que a diferencia de los demás pobres, quien se ha visto forzado a despeñarse socialmente lo hace presa de una infinita vergüenza. Y es que a mí la vergüenza me abochorna muchísimo, tal como corresponde a quien nunca antes se dejó mirar de frente y hoy de pronto se considera indigno de tutear al espejo. Por más que pongo empeño en ser positivo y suponer que nadie querrá perder su tiempo en mirar a un don nadie como yo, sigo todos los días paladeando la vejación que experimenta toda persona normal cuando se ve privada de la prerrogativa de sojuzgar al prójimo a placer.

He tratado de hacer creer a mis amigos que fue por puro gusto que de un día para otro me hice abstemio, vegetariano, ecologista y globofóbico, pero dudo que mis mejores argumentos los hayan convencido de la necesidad de cambiar mansión por cuchitril, Limo por Topolino y Cristal por Corona. De modo que no puedo tacharlos de borrachos, carniceros, ecocidas o globofágicos sólo porque se cambian de banqueta cada vez que me ven cruzar por su camino. Luego de haber tratado con el mismo rigor a quienes antes que yo se convirtieron fatalmente en nuevos pobres, entiendo que los que creía mis amigos no deseen recorrer la distancia astronómica que separa al Versace del tepache sólo para expresarme una mentira. *¿Cómo estás?*, por ejemplo. *¡Hermano!*, a lo mejor. O al menos: *¡Buenos días!* Mentiras descaradas. ¿A quién le va a importar cómo esté un nuevo pobre? ¿De cuándo acá se deja uno ver a menos de cien leguas de sus hermanos en desgracia? ¿Quién podría mirar a un triste miserable como yo y desearle un buen día sin un sarcasmo gordo por delante?

No me estoy flagelando. Todo lo contrario: aprecio las bonitas cortesías que mis nuevos vecinos han venido prodigándome, pero en todos los casos elijo declinar su rascuache amistad; ante nadie diría jamás que los conozco. Sé que más de uno entre ellos dejará de ser pobre cualquier día de estos, pero ello me previene todavía más contra su incinerante simpatía, pues nada humilla tanto a un nuevo pobre como estrechar la mano de cualquier nuevo rico. La clase de persona que, si hubiera justicia en este mundo, tendría que estar ahora lavando mi Porsche. Y el asunto es tan grave que casi me conformo con no terminar yo lavando el suyo. O al menos no tener que soportar esas miradillas insolentes que parecen estar siempre calculando el número de coches como el mío que podrían comprarse con el impuesto anual de cualquiera de los que se amontonan en su garage.

Dicen los viejos pobres que las mejores cosas de la vida son gratuitas, pero es difícil creer que la pobreza conceda la amplitud de criterio necesaria para fundamentar esa barbaridad. ¿Cómo diablos se va a enterar de cuáles son las satisfacciones más amplias de la existencia quien carece del *cash* para encargarse de las elementales? Sería tanto como creer a pie juntillas el refrán según el cual *la suerte de la fea la bonita la desea*. ¿Qué sabe un esperpento del gozo metafísico que experimenta una beldad al besar a un imbécil adentro de un Ferrari? ¿Quién podría infundirle la paz espiritual que da el no tener que prenderse un cigarro, ni pagar una cuenta, ni cambiar una llanta?

Una de las odiosas desventajas de vivir entre pobres tiene que ver con su indignante sentido de la honradez. Basta con demorarse dos días de más en devolver un libro para ser acusado de ladrón, mientras entre los míos —esos que ahora no me reconocen como suyo— uno se roba coches, casas, ahorros y patrimonios sin que venga un pelado a sermonearlo. Gente ignorante, claro. La calaña de plebe que se atreve a sonreír en un hotel de cuatro estrellas. Tipos que nunca advierten la similaridad entre la clase turista y una galera desbordante de forzados. Los pobrecitos soportan de buen grado situaciones tan humillantes como la de habitar este calvario sin siquiera una pobre casita en Connecticut. ¿Qué es lo que me molesta? Su sonrisa. Tal vez muy en el fondo presiento que se burlan de mí. Como que cada vez que miran al casero amenazarme preguntan en silencio: *¿No que no?* Y a mí eso me desquicia, es más fuerte que yo. Ustedes no imaginan lo que es llegar de noche a esta pocilga pestilente a la que jactanciosamente llaman condominio, y subir escaleras y llegar a mi puerta sin toparme con uno solo de mis queridos y añorados lambiscones. *¡Buenas noches, señor! Si el señor me permite... ¿Va a cenar el señor?*

No es que no tenga todo lo que mis vecinos aprecian en la vida. A pesar de los múltiples valores que cambiaron de manos durante mi caída, puedo gozar de algunos de los privilegios que más ansían los pobres, como éste de llenar una botella vieja de Château Lafitte con tres cuartos de litro de Château La Merde. Y como yo no sé si el médico forense descubrirá que el vino de tercera donde puse el arsénico definitivamente *no es* Château Laffitte, escribo la presente para pedir respeto a mi última voluntad: ruego a ustedes conserven el secreto sobre la clase de vinagre con que a la mera hora me vine a suicidar. ¡Qué más hubiera yo querido que hacerlo cuando menos con champagne! Y eso es exactamente de lo que hablo cuando pido que no se culpe a nadie.

Confieso que he vendido / V
Pensamiento, palabra, obra y comisión

¿Saben ustedes de algún liceo, escuela, universidad o centro de enseñanza que garantice la aprobación del curso? Todos los que algún día asistimos a la escuela recordamos muy bien el trabajo que cuesta obtener un diploma, ya no digamos una mención honorífica. Porque claro, nos han acostumbrado a sistemas de enseñanza tradicional, cuyo mero carácter aleatorio nada tiene que ver con las modernas técnicas de aprendizaje programado de *La Maja Barata*, el novedoso método cósmico-gnóstico-filosófico donde nadie reprueba, sencillamente porque nadie se examina. Usted no tiene que comparecer ante maestro, sinodal o académico alguno para obtener su merecido diploma. Como lo oye, señora ama de casa, escuchó bien, amigo bachiller, dije que su diploma está *garantizado*. Y no se trata de un título cualquiera, de esos que abarcan una sola técnica, disciplina o profesión, sino que este diploma les servirá para acreditar nada menos que el mapa del conocimiento humano. Lo esencial, lo preciso, lo que el gurú se guarda, lo que el sabio enmaraña, lo que ningún maestro le podrá transmitir. Y algo más: *con mención honorífica*. Sí, señoras, señores, niños, jóvenes: al tratarse de una enseñanza programada cuyo margen de error ha sido reducido a cero punto cero, basta con atender a las cinco sencillas lecciones de

La Maja Barata para un aprendizaje 100 % excelente.

¿Cuánto vale la dicha? ¿Cuánto la salud? ¿En cuánto se cotiza la alegría? ¿Cuánto vale, señores, un minuto de vida? ¿Cuánto les cuesta una carrera universitaria? ¿Cuánto un tratamiento completo de belleza? ¿Y un método eficaz de superación personal? ¿Alguien de ustedes tiene libres veinte años para quemarse las pestañas y el patrimonio familiar cursando doctorados en Filosofía, Historia, Esoterismo, Física, Psicología, Astronomía, Finanzas, Teología y Relaciones Públicas? Y esto lo digo sólo por abreviar, pues el cúmulo de conocimientos que ilumina las cinco nobles lecciones de *La Maja Barata* procede de las más diversas y reputadas fuentes. Por eso yo les digo que únicamente *La Maja Barata* concilia los conocimientos más antiguos con la vanguardia misma de la inventiva humana. Sólo cinco lecciones, sólo cinco semanas: el quíntuple sendero que de una vez por todas les quitará esa cruz de las espaldas.

En todos los confines, en todos los sentidos, en todas las épocas, los hijos de Moisés, Jesucristo, Mahoma, Brahma, Krishna, Shiva, Yemayá y Quetzalcóatl hemos soñado con encontrar un idioma común. Pero ni el inglés, ni el esperanto, ni los lenguajes cibernéticos han resuelto el problema, puesto que con frecuencia se interponen diferencias culturales, religiosas, conceptuales, sociales y económicas. Uno de los primeros efectos de *La Maja Barata*, el novedoso método cósmico-gnóstico-filosófico que extiende las fronteras del sentido común, es justamente la desaparición gradual de tales diferencias. Semana tras semana, *La Maja Barata* nos va posicionando en armonía con el Cosmos, gracias a su sistema de enseñanza sencilla y programada que borra los prejuicios del criterio. De más está decir, señores míos, que cuando dos personas han abandonado la tiniebla guiadas por *La Maja Barata*, su nivel de comunicación alcanza un alto grado de eficiencia, sin importar la lengua en que se expresen. ¿Sabía usted, señor ejecutivo, que el dominio total de *La Maja Barata*, que usted alcanzará en solamente treinta y cinco días, facilita hasta en un 59 % el aprendizaje de otros idiomas?

Usted no necesita un título universitario, y vamos, ni siquiera un certificado escolar, para *accesar* al 100 % este novedoso método cósmico-gnóstico-filosófico, pero si ya es un profesional en su ramo, prepárese para llevar esos valiosos conocimientos a un nivel absolutamente óptimo. Ahora bien, caballero, si usted tuvo los medios, el tiempo y el cacumen para hacerse de maestrías y doctorados en al menos una decena de disciplinas técnicas, científicas y humanas, tal vez no necesite de *La Maja Barata*, pero seguramente querrá poseerla y *accesarla*, como es propio de un hombre de letras y luces. ¿Qué no habría dado un Sócrates, un Kant, un Galileo, un Hegel, un Darwin, un Copérnico por tener de su lado la alta tecnología didáctica que hace de *La Maja Barata* un prodigio científico-humanístico cuya sistematización programada garantiza la restauración integral del espíritu? ¿Quién de estos grandes hombres no habría renunciado a llevar piedras a la montaña por encontrar la Piedra Filosofal? ¿Se figuran ustedes cuántos sabios y mártires se habrían librado a tiempo del cadalso si sus contemporáneos hubiesen *accesado La Maja Barata*?

Del Tíbet al Vaticano, de Palenque a Benarés, de La Meca a Tel Aviv, *La Maja Barata* es aquel camino de luz y bienaventuranza que no cambia ni modifica nuestra fe, sino que la condensa, la expande y la reafirma, todo en únicamente cinco semanas. Solamente imagine la espléndida impresión que causará en vecinos, familiares y amistades cuando observen que en uno de los muros de su estudio, su sala, su recámara, destaca el codiciado diploma *con mención honorífica* que constata su comprensión total del mundo...

No se deje engañar, no acepte imitaciones, no permita que otros le tomen el pelo: esta es la auténtica, la milagrosa, la revolucionaria *Maja Barata*, la única que incluye los cassettes, el libro de ejercicios, el manual de nirvanas, la hoja de cupones y hasta un moderno marco de polipropileno que protege y resalta su diploma. En treinta y cinco días usted podrá certificar su armonía interior, su integral bienestar, sus altos pero balanceados conocimientos. No espere más, damita, no dude, caballero: aquí está, ya llegó, luego de tantos años de sufrimiento, tantos siglos de oscuridad, tanta miseria y rechinar de dientes, por fin está a su alcance *La Maja Barata*.

Yo sé que estoy expuesto a los cuestionamientos, a la incredulidad, al sarcasmo y la sorna por no hacer un negocio de esta santa misión, pero me hallo a recaudo de la envidia, el rencor y la maledicencia. Puesto que mi figura podrá ser tan austera como mi vestimenta, pero ocurre que a mis palabras las respaldan científicos, profetas, visionarios, doctores, matemáticos, astrólogos, filósofos, parapsicólogos y expertos terapeutas: todo el conocimiento de Oriente y Occidente, traducido, resumido, programado, solamente en *La Maja Barata*. Reciba hoy mismo la luz, toda la luz y nada menos que la luz con las cinco sencillas lecciones que componen *La Maja Barata*: sabiduría integral, vanguardia pedagógica, excelencia didáctica al más alto nivel.

¿Se imaginaba, joven, señorita, señora, caballero, que en medio de su cotidiana rutina se toparía un día como hoy con la luz que por tantos años esperó? No llore, amiga mía, no se acongoje y menos se mortifique, pues ha sonado la hora del regocijo. Yo sé que la emoción de este momento puede ser muy intensa para los más sensibles, pero ello es únicamente el principio; en treinta y cinco días recordarán este dichoso trance como el inicio de una nueva vida. Y usted, amigo mío, ¿no cree que va siendo hora de que reconfigure su personalidad con el sistema de enseñanza programada de *La Maja Barata*?

Damas y caballeros: qué no daría un servidor por quedarse a su lado a compartir la luz incandescente que en un diáfano día le salvó del abismo, pero ha de proseguir la misión solitaria que da aliento y sentido a sus pasos. Me voy, amigos míos, compañeros, hermanos, pero ya no los dejo en la penumbra donde los encontré: pongo ahora en sus manos *La Maja Barata*, el novedoso método cósmico-gnóstico-filosófico que un día como hoy dio un vuelco milagroso a mi existencia. Yo lo vi, lo he vivido, soy el cordero que volvió de las fauces del lobo gracias a los poderes de la *Maja Barata*: llévesela ahora mismo a cambio de los dólares más baratos del mundo. En una sola fila, si son tan amables, cada uno me entrega sus ochenta pesitos y repite tres veces: *Ilumina mi sino, Maja Barata*. Que se oiga, caballero, sin vergüenza, damita: *Ilumina mi sino, Maja Barata*. Díganle adiós al miedo, la soledad y el rechinar de dientes, dénle por fin la mano a la prosperidad. Todos juntos conmigo: *Ilumina mi sino, Maja Barata*.

Y ahora sí, hermanos míos, que comience el milagro.*

---

* *Compañero promotor: No olvides reducir a cenizas este documento, una vez que termines de memorizar su contenido.*

La Duce Vita

Señores miembros del Jurado:

Es mi deber comenzar por aclararles que el galardón que están a punto de entregarme resulta totalmente inmerecido. Y ya pueden creer que no hay en mis palabras rastro de la modestia mentirosa que suele salpicar estos discursos, generalmente escritos para agradecer perrunamente el premio, el título, el reconocimiento que en mi caso no sólo es indebido, sino además injusto. Y es por ello, señores, que no puedo aceptarlo. Puesto que si bien soy lo que ustedes dicen, cierto es que no lo soy en el sentido que lo dicen. Soy, efectivamente, un antifacista, pero desde ya evito distinguirme por ello. De hecho, les aseguro, esta sola presea sería suficiente para quitarme a varios de mis mejores clientes: gente que aprecia no únicamente mi discreción, sino también una ética profesional que su premio cuestionaría ineludiblemente. Todo lo cual me dejaría en la penosa precisión de llevarlos a ustedes hasta los tribunales.

Según me han explicado, es un honor muy especial que a uno lo condecoren por ser antifacista. Afirman, conmovidos, que mi ejemplo será la luz de las futuras juventudes, cuando lo que yo busco no es más que la penumbra, que es donde mis clientes se sienten a sus anchas. Y no obstante que muchos de ellos gustan de usar prefijos como *anti*, *contra* o *pro*, está de más decir que no todos se oponen a la misma cosa, y a menudo encontramos que pelean los unos contra los otros, acaso sin saber que igual son mis clientes.

Comprendo cómo y cuánto les irrita que me refiera sólo a negocios y clientes, cuando lo que pretenden es premiar mi desinteresada bonhomía. Pero el punto es que allí comienza el grave entuerto: en la quijotería que equivocadamente me atribuyen. Pues aun si pululan entre mis clientes los antifascistas, disto de compartir sus nobles ideales. Y en cuanto a *mis* ideales, prefiero no externarlos: mis clientes, insisto, son harto quisquillosos. Especialmente los fascistas, que entre otras cosas se distinguen por pagarme bien y a tiempo.

Imagino su indignación: ¿cómo puede un antifacista servir con tal cinismo a uno y otro bando? Para mejor comprenderlo, señores miembros del jurado, habría que ubicarnos con ambos pies sobre los territorios de la ortografía castellana: yo, señores, no soy el que ustedes piensan. El nombre de mi oficio no se escribe, como el suyo, con ese y ce, sino sólo con ce. Lo cual nos dice que ustedes, acaso demasiado distraídos en su cívica gesta, han puesto su atención en mis años de experiencia como antifacista, y así han decidido condecorarme, sin reparar en que la falta de una simple ese me delata no como luchador político y social, sino como un honrado fabricante de antifaces.

No deja, sin embargo, de sorprenderme el hecho de que varios de ustedes han sido mis clientes asiduos. Esto es, que antes de conocerme no eran lo que ahora son, y ha sido justamente merced a las virtudes de mis antifaces que hoy van por la vida como *proesto* y *antiaquello*, y además se conceden el lujo de otorgar honores y condecoraciones con un alto valor moral, político y social. ¿Cómo es que, luego de haber requerido en tantas ocasiones de mis servicios, ahora me desconocen y hasta me condecoran por ser lo que no soy? ¿No será que pretenden hacerme competencia?

Si en este último punto yo estuviera en lo cierto, valdría recordarles que su producto es notablemente inferior al mío: no hay condecoración capaz de competir con un buen antifaz. Pues sólo los tiranos y sus primos, los mamarrachos, van por las calles con el tórax constelado de medallas, mientras que un antifaz como los míos se lleva a toda hora y en cualquier lugar, impunemente. Y a diferencia de tan prestigiosas preseas, admite toda suerte de modificaciones al gusto y conveniencia del cliente. Para no ir más lejos, abundan los antifascistas que se han convertido al anti-antifascismo con los solos oficios de mis antifaces.

Sé que algunos de ustedes, los pocos que hasta hoy se han negado a probarlo, identifican a mi producto con el famoso antifaz del Zorro, el superhéroe cuyo legendario anonimato solía sostenerse tras un trapo de fieltro con sendos agujeros paralelos, que cualquier enemigo bien bragado habría vuelto hilachas al primer espadazo —y que tarde o temprano sería deshonrosamente retirado por el cura o el forense—. Pero mis antifaces son distintos, tanto que sólo yo podría modificarlos. ¿Sería petulante puntualizar que solamente yo conozco a mis clientes?

Imaginen ahora lo que pasaría si, Dios no lo quiera, uno de mis clientes entre ustedes cayese muerto en este momento, y al retirarle el antifaz nos encontrásemos con que el reputado antifascista no era sino un pronazi en el retiro. Cosa nada difícil si tomamos en cuenta que menudean en mis expedientes los cambios radicales de antifaz, mismos que he procedido a realizar con el esmero y profesionalismo que se esperan de un antifacista de alta escuela.

Habrá quien diga que el mío es un negocio abominable, pero habría también que preguntarse qué sería de este reputado premio si quienes hoy lo otorgan no hubiesen acudido, muy a tiempo, a suplicarme la manufactura de un antifaz a la medida de sus ambiciones. Uno que nadie viera, más que ustedes. Uno que de repente se transfigurara, de acuerdo a los requerimientos de cada ocasión. De ahí que ustedes puedan ser hoy antifascistas, mañana ecologistas, la semana que viene estalinistas y cualquier día escapistas, todo bajo el auspicio de un mismo antifaz. Tecnología de punta a su servicio.

Algunos aún se quejan de los precios, sin observar que tengo para todos los presupuestos. No hace mucho tiempo, los pasamontañas de veinte pesos se me vendían por miles, a precios francamente populares. Incluso la edición de lujo, con cananas y pipa integradas, engrosa todavía nuestro *top ten* del mes. Globofóbicos y globofílicos, terroristas y desnudistas, demócratas y falócratas: todos vienen conmigo a que los saque de su vida gris. Y como el antifaz incluye paquetes integrales de expresiones y gestos, no hay medianía que resista sus poderes. No duden ustedes, señores miembros del jurado, que mis gustados antifaces acabarán por ser la ruina de los manuales de autoayuda. ¿Para qué perder tiempo ayudando a salir del agujero al papanatas que uno es, cuando por unos pesos podría convertirse en el papanatas que todos quisieran ser? O sea que mis antifaces no vuelven al usuario más brillante, pero hacen maravillas para ocultar su ñoñería. Cuando menos ante los ñoños, que son la mayor parte.

Y bien, que como pueden ver no es lícito que premien a un cínico sin máscara, cuando sus antifaces son más que convincentes. Pero como seguramente ustedes no pueden premiarse a sí mismos, y yo a mi vez deseo corresponder a su fineza, los invito a que elijan a quien les dé la gana, quien más les simpatice o quien más les convenga, un verdugo si quieren, y yo me comprometo a fabricarle un antifaz de antifascista en tal modo perfecto que ni el peor enemigo del Duce notaría el cambiazo. Lo único que les pido es que me saquen ahora mismo de su lista de colegas, y en adelante se limiten a premiarme con su sola discreción: un homenaje justo y ya en sí dadivoso para quien teme que una sola puesta en escena pondría en peligro la estabilidad del teatro.

Dicho lo cual, señores miembros del Jurado, agradezco el honor de su atención y procedo discretamente a retirarme, toda vez que el deber persiste en requerirme: tengo decenas de pedidos por suministrar, y a ustedes como a nadie les consta que los falangistas no esperan.

Sic Transit Dollar Mundi

Mire, señor agente: antes de que eche a andar esa farsa tediosa de leerme su reglamento nuevo y pretender llevarme con todo y mi automóvil al Ministerio Público, permítame poner algunos puntos sobre ciertas íes. Efectivamente, no traigo licencia, básicamente porque nunca la he tenido. En cuanto a los papeles, los perdí al día siguiente que conseguí el coche. Y si se le ocurriera preguntarme por la evidente ausencia de verificaciones anticontaminantes, he de decirle que este motor quema un litro de aceite por cada cincuenta kilómetros recorridos, de manera que va dejando por las calles una sublime estela de humo gris, y en esas condiciones ni el más corruptible de los verificadores me haría la valona de aprobarlo. Por el pago de las *tenencias* tampoco me pregunte, que yo jamás he estado de acuerdo con el cobro de ese impuesto ladrón, de manera que como ya irá calculando, el solo importe de las multas y recargos alcanzaría para comprar veinticinco pistolones como el que traigo oculto en la guantera.

Pensará, luego de lo que acabo de decirle, que estoy en un problema, pero antes de atreverse a decirlo en mi cara permítame añadir que debo varias decenas de infracciones, casi todas por causa de mi vieja afición a desafiar los reglamentos de tránsito.

Por no hablar de los dos sobrios sin suerte a los que atropellé el año pasado, justo antes de que un celoso ciudadano apuntara los números y letras de mis placas. Evidentemente, mi domicilio no correspondía a esas placas, pero de cualquier forma tomé la precaución de poner otras encima, mismas que oportunamente adquirí en el mercado negro por un precio muy inferior al de los trámites legales, que además incluyó el oportuno raspado del número de motor.

Por favor no derroche su tiempo preguntándome de dónde vengo, ni hacia dónde voy, porque me va a obligar a inventar una sandez, y ya ve que he resuelto no engañarlo. Tampoco insista en abrumarme perorando sobre las infracciones que cometí, los autos que dañé o el semáforo que partí en dos mientras venía huyendo de usted. Sé muy bien lo que hice, y no pretendo escudarme en mi avanzado estado alcohólico para justificar tamaña imprudencia, pues ya estoy más que acostumbrado a habilitar mi coche como bar. Por más que le maree mi aliento a Courvoisier con Dos Equis, sépase que seis copas de cognac y ocho cervezas no son remotamente suficientes para siquiera hacerme hablar como borracho.

¿Identificación? Traigo aquí mi cartilla del servicio militar, pero le advierto que lo único mío allí es la foto; lo demás viene a ser celosamente apócrifo, empezando por nombre, apellido, complexión, estatura y demás generales que tal cual puede verlo nada tienen que ver con mi persona. Y como no poseo ni aquí ni en otra parte más documentos que esta cartilla, le advierto desde ahora que le será imposible saber mi verdadero nombre, procedencia o nacionalidad. Al igual que mi coche, no figuro en los registros de población. Tampoco voy a ningún club, ni pertenezco a sociedad, partido, cofradía o sindicato alguno. No uso tarjetas de crédito, ni pago impuestos, ni he llenado jamás algo como un recibo, un cheque o una forma migratoria.

Pero dejemos esas fruslerías y hablemos de una vez de lo importante: no traigo ni un centavo. Y si le da por esculcar en mi cajuela, debe saber que el par de muertos que viajan allí dentro son perfectos desconocidos. Aunque no dudo que usted los conozca, por algo traen su mismo uniforme. Pero antes de que empiece a imaginarse la medalla que le darían por capturarme, o la fortuna que le entregaría yo por dejarme en libertad, fíjese por favor en los detalles, y si es posible deje de apuntarme con su juguete inútil. ¿Ya vio que aun con el alboroto que conseguí armar no hay nadie cerca? ¿No le parece extraño que a estas horas sólo estemos usted y yo, sin cuando menos un mirón en torno? Hace más de una hora que me sigue, y se ha obstinado tanto en alcanzarme que ni siquiera sabe qué bardas se saltó. ¿Y su moto, por cierto? ¿Dónde está? Y no me mire así, que yo ni me he movido desde que me detuvo.

¿Reconoce las calles, las casas, el paisaje? ¿Se da cuenta de lo perdido que anda? ¿Todavía le preocupan mis documentos, mis infracciones o mis crímenes? ¿No cree que debería inquietarse más por usted mismo, que no sabe ni dónde vino a meterse? En donde no le incumbe, eso es seguro. Una cosa es cumplir con el deber y otra muy diferente penetrar los terrenos del fanatismo y perseguirme de ese modo tan lépero. No obstante, en consideración al rictus de pavor que se le ha puesto, voy a hacerle un favor de aquí a la Tierra. ¿Ve usted al viejecillo que está allá a lo lejos, junto al zaguán azul? Deje aquí la pistola, quítese ese uniforme y póngase estas alas. En caso de que Don Pedrito lo detenga, repítale esta clave: *Hosanna ad dollarem Gloria.*

Una última inquietud... ¿A dónde cree que lleva ese dinero? ¿De dónde lo sacó? ¿Sabe lo que le va a pasar si intenta entrar por esa puerta forrado de billetes malhabidos? Échemelo pacá, todito. También esas monedas, la chequera, el teléfono, su reloj, su llavero, la llave de su moto. Nada de eso le va a servir allá. Y por favor ni se le ocurra denunciarme, no sea que por andar alborotando lo manden para abajo, y ahí sí que ya no habría ni cómo ayudarlo. ¿Ya ve cómo es usted un hombre razonable? Si así hubieran pensado los agentes que traigo en la cajuela, seguramente lo acompañarían a la Gloria. Y ahora con su permiso procedo a retirarme, no sea la de malas que venga algún arcángel y me arreste por no cumplir con mi deber. Con esto de los nuevos reglamentos, no se imagina lo pesados que se han puesto.

A Clockwork Poker

Amigos vencedores, han cometido todos un gravísimo error: cortejan a una diosa que no les corresponde. Se han ganado el Gran Premio en una rifa, o en una promoción, o en un concurso, y creen que en adelante sus vidas nunca más serán iguales. Y bien, en esto sí no se equivocan. Pero antes de enfilarlos en el camino de realizaciones que ya les aguarda, permítanme decirles qué exactamente busco, y por tanto qué tienen que encontrar para poder ganar en esta vida. Porque yo gano a diario, todo el tiempo; y ustedes hasta ayer ya estaban hartos de perder, enfermos de que la fortuna nunca les sonriera, ni volteara a mirarlos, ni acreditara su andrajosa presencia. ¿Y cuál es el regalo de un ganón como yo para unos perdelones como ustedes? Por el momento, dos grandes noticias: la mala es que la diosa Fortuna tiene dueño; la buena es que, a partir de hoy, todos ustedes trabajan para él.

Concursos, promociones, premios: he ahí mis enervantes. Recuerdo que era un niño de pantalones cortos cuando ya los vecinos reconocían en mí a un ganador nato. No había semana que no llegaran a mi casa cuando menos tres premios distintos: discos, libros, juguetes, despensas, planchas, grabadoras, licuadoras, cajas de refrescos, estuches de cosméticos, arcones navideños, alcancías, mochilas, boletos, mascotas, radios, membresías, películas, cupones de descuento. Mis trofeos, al cabo. Tenía las paredes, la puerta y hasta el techo de la recámara tapizados de fotos sonrientes y arrogantes. Yo y mi autopista de cuatro carriles. Yo y mi balón autografiado por el campeón goleador. Yo y el horno portátil que después le vendí a la vecina. Yo y la silla de ruedas que le dejé en abonos a mi querida abuela. Yo y mis inolvidables ventas de garage.

No era fácil, pero una vez que le tomaba uno el modo al oficio, iba intuyendo alguna ciencia en el asunto. Hasta que con el tiempo me di cuenta que los profesionales de este noble negocio son aquellos que nunca pierden un concurso. Es decir que la dosis de ciencia era tan grande como nula tenía que ser la prescripción de azar. Aunque eso ya lo supe a la hora de ingresar en la verdadera competencia: cuando entendí que lo que cuenta no es tanto el trofeo, como los números. En una profesión como la mía, únicamente los aficionados cometen el costoso error de encariñarse con las recompensas que reciben, y era lo que yo hacía muy al principio. Me sentía tan orgulloso de mis fotos que no me daba tiempo para leer el marcador.

Cierto es que conseguía vender bien los premios, y ello me permitía darme, como niño, una existencia frívola y holgada. Pues no sólo tenía dinero suficiente para comprarme dulces, juguetes y tomar muchas fotos; también podía ahorrar, y hasta invertir en mi incipiente negocio, como cuando mandé imprimir un millar de credenciales de mi escuela, listas para llenarse de datos generales gloriosamente apócrifos. Fue a partir de aquel trámite que sentí la genuina necesidad de profesionalizarme, luego de haber mirado mis números y decirle al espejo: *Necesitas crecer, cambiar tu vida.*

Figuraba por esos días en concursos sencillos: llamaditas al radio, encuestas en revistas, cupones, promociones, tómbolas, estampitas. Dedicaba cada uno de mis minutos libres a perseguir los premios con la tenacidad que otros, menos obsesos, calificaban insensiblemente de *enfermiza*. Mis padres, por ejemplo, hicieron todo cuanto estuvo en sus manos para disuadirme, pero una vez que opté por el profesionalismo no hubo fuerza capaz de refrenar mis ímpetus. Tenía catorce años y cientos de identidades, cada una con su correspondiente foto y dirección. Fui aprendiendo a mudar de apariencia, de acento y de modales; o a desaparecer en situaciones comprometidas. Porque uno de los requisitos básicos del profesionalismo es que nunca le vean a uno la misma facha, que no les suene el nombre, que no se les ocurra relacionarlo con el que la semana pasada ya se llevó otro premio igual a éste.

A ojos de mi familia, todo esto equivalía a volverme delincuente. Hasta que un día me echaron a la calle, apenas se enteraron que tenía a tres interventores del Gobierno trabajando para mí, con jugosas igualas y comisiones. Supieron asimismo que mis excepcionales notas escolares valían lo que cualquier billete de tres dólares, y observaron que el reprochado truco de las mil credenciales había sido apenas un arranque tímido, comparado con la pequeña red de colaboradores que a los diecisiete años ya había conseguido tejer. Tenía marchantes, cómplices y paleros para toda ocasión, conocía piratas informáticos que por una muy razonable cantidad se metían en las computadoras donde estaban los resultados de los sorteos y me hacían El Feliz Ganador de premios increíbles. Lo más prometedor, con todo, era saber que en sólo un par de meses iba a alcanzar la mayoría de edad: tendría acceso a premios de verdad. Pegaría batazos, volaría por las bases, metería *home-runs:* no había pisado la primera cancha oficial y ya sentía lujuria por mis números.

Dejé el hogar más excitado que dolido. Veía frente a mí un destino resplandeciente, donde ya no me ganaría chácharas y baratijas, sino Volvos y Cadillacs y Maseratis con mi nombre clarito en la factura. Veía grandes carteles y ya no simples fotos, pasaportes donde antes hubo credenciales, ejecutivos en bienes raíces en lugar de revendedores de boletos.

Hasta entonces me había enfrentado a la competencia de colegas taimados y mañosos, aunque poco informados y hasta ingenuos. Chicos que como yo querían estar en todas —no fueron pocas las veces que usé mis credenciales en blanco para hacerme pasar por ellos y cobrar muy temprano los premios en su nombre— pero, insisto, eran carne de ligas pequeñas. El día que cumplí los dieciocho años, presenté mi solicitud a Grandes Ligas: en dos semanas ya estaba en Cancún. Seis días y siete noches con todo pagado, más una dotación anual de protectores solares y ropa de playa.

Hay quien opina que jugar en las Ligas equivale a vivir a espaldas de la ley, y yo digo: *¿Qué ley?* ¿La de la oferta y la demanda? ¿La del fuerte? ¿La del menor esfuerzo? ¿Alguna de las tres famosas de Newton, quizás? ¿Las de Kepler, las de Murphy, las de Platón, las de Indias? ¿La de Herodes Antipas, la del Talión, la del revólver, la de la selva? Hay demasiadas leyes y jueces y juzgados para que un ganador se detenga por eso. Sé que otros jugadores experimentan un deleitoso hueco en el estómago antes de que una tercia, un gol o una nariz les anuncie el arribo de la desgracia, pero lo que es yo nunca he soportado el tufo de esta señorita. ¿En qué clase de concursante debo convertirme para aceptar la idea de que no seré yo quien gane el premio? ¿En nombre de qué morbo justiciero tengo que recibir a la desgracia cuando toque a mi puerta? Se los digo bien claro, y que nadie lo dude: *A la desgracia yo la echo a patadas.* Soy incapaz de recibir un naipe de manos de quien sea si no tengo los comodines debajo de la manga. Solamente pondría mi dinero en un caballo si me constara que los otros sufren de paludismo agudo. La ruleta donde yo juego tiene exclusivamente un número: el mío. Lo demás es apenas escenografía, un circo de esperanzas conmovedoras y muy decorativas, aunque, si quieren mi opinión, poco eficaces.

Es probable que ustedes, antes de esta ocasión, hayan simpatizado con esas humildísimas mujeres que lloran de emoción al recibir el premio que por lo visto va a cambiarles la vida. No obstante, yo les aseguro que un solo premio, por grande que sea, no le cambia la vida entera a nadie. A menos que nos dé por considerar el lamentable caso del iluso que un día se ganó un automóvil deportivo y a las pocas semanas fue a dar con todo y él a una barranca. Ese señor sí que cambió de vida, o mejor dicho: la canjeó por un hueco entre la tierra. Y eso nadie lo quiere, ¿verdad? Por el contrario: ustedes, como yo, se han propuesto triunfar, y me consta que pronto van a conseguirlo. Pues no han de ganar uno, sino cientos de premios. Y cada vez se van a emocionar hasta las lágrimas, no tanto porque sean muy afortunados, como porque al ganar les consta que realizan un quehacer productivo y satisfactorio. Un trabajo de Grandes Ligas.

Olviden, por favor, a la diosa Fortuna. Ella no tiene ni una acción en esta empresa. Desde su fundación, realizamos un trabajo serio, 100 % científico, que nos permite hoy día ganar el 97.4 % del total nacional de los concursos, promociones, rifas y similares que anualmente se realizan, más un muy respetable 72.9 % a nivel continental. De modo que si ustedes se conmueven cuando ven a esa tierna viejecilla que casi se desmaya ante las cámaras al recibir las llaves de la casa, la factura del coche o el providencial cheque por un millón de dólares, consideren que esa mujer también trabaja para nosotros. Como ustedes muy pronto podrán hacerlo, ella recibe un atractivo 5 % sobre el valor de cambio de su premio. O sea que si la ven llorar por el millón, no teman que por eso se le parta el miocardio, puesto que de ahí la buena mujer recibirá cincuenta mil, *en efectivo*. Una cantidad pródiga pero aún razonable, que jamás será causa de una emoción extrema ni acarreará desequilibrios de conducta. Y otra cosa: dentro de un mes, la viejecilla se estará ganando un coche, un viaje, un departamento, y volverá a obtener su cinco por ciento. ¿Qué significa esto? Que después de veinte misiones realizadas, nuestra empleada habrá recibido el equivalente a un premio completo... y seguirá ganando.

Hoy ustedes ya no tienen que hacer todos los trámites que un servidor debió llevar a cabo para progresar. Tampoco deberán probar los riesgos que corrí, ni vivirán a salto de mata por el mundo para ocultar su verdadera identidad. En cada uno de estos intrincados menesteres, nuestra empresa responde al desafío con el respaldo de un equipo interdisciplinario de profesionales. Abogados penalistas, fiscalistas y patrimonialistas, matemáticos, investigadores, falsificadores, sicarios, lumbreras informáticas, ilusionistas financieros, maquillistas, dietistas, cirujanos estéticos y un *task force* de renombrados expertos en relaciones públicas y privadas, unidos para asegurar sus triunfos y demostrar con hechos que en nuestra profesión *todo se puede*. Excepto, por supuesto, perder. Con nosotros, ustedes sólo perderán aquello que les sobra. Deudas, supersticiones, honra, escrúpulos: todos aquellos lastres del pasado que detienen el potencial divino del recurso humano. Que en este especial caso vienen a ser ustedes, amigos vencedores.

En los tiempos actuales, nuestra empresa no sólo controla y regula los alcances del azar; ofrecemos también asesoría a organismos públicos y privados, que generosamente nos brindan la oportunidad de conducirles por la senda del triunfo infalible. Ello explica, quizás, que seamos tan malos perdedores. Por eso, cuando un *independiente* nos gana algún concurso, no tenemos opción: es preciso integrarle, o en su defecto escarmentarle de inmediato. ¿O acaso piensan que al malogrado ganador del carrazo que inexplicablemente derrapó hacia la orilla de la carretera le habría ido tan mal si hubiese sido un poco razonable? Días antes del lamentable accidente, esa persona estuvo donde hoy se hallan ustedes, y me escuchó decir lo que ahora les digo. Sólo que no entendió el concepto, eligió libremente inclinarse por la confrontación, y ya ven dónde está. Algo muy similar sucede con los desertores, o con los boquiflojos: no podemos correr el riesgo de que nos desprestigien. Afortunadamente, nuestro departamento de comercialización funciona bajo estándares de calidad total, tanto como las áreas administrativas, y todo ello nos ha permitido realizar importantes inversiones en el ramo del espionaje interno, así como desarrollar un atractivo programa de estímulos al patriotismo corporativo, donde por cada cinco traidores potenciales que el empleado detecta, obtiene un boleto para la rifa anual de diez acciones de la empresa. Y como aquí nadie les cree a las rifas, gana el que más boletos logra reunir. Contamos además con atractivos programas de discreción regulada, donde el empleado canjea los secretos personales de sus compañeros por generosos vales de despensa.

Como han podido verlo, nuestra empresa es un nuevo mundo de oportunidades. Al ingresar en ella, ustedes no tendrán ya otro destino que el de vivir como felices ganadores. Durante la fase de capacitación que ahora mismo se inicia, aprenderán a dominar las técnicas más apreciadas del oficio, y entenderán que son los *amateurs* quienes dan mala imagen al negocio: los que dejan las huellas, los que se contradicen, los que regresan como zombis al lugar del crimen. Y ese es el verdadero *crimen,* dejar al puro azar un asunto tan importante como el azar. De modo que sonríanle a la suerte, que de hoy en adelante tampoco ella se cansará de coquetearles.

Por lo pronto, les agradeceremos se sirvan rellenar el formato donde nos ceden los derechos del premio que indebidamente ganaron, y acto seguido preséntense en la ventanilla donde registrarán sus datos personales y se procederá a elaborar el debido contrato, acompañado de su primer cheque por el 5 % sobre el valor de cambio de su entrega. No olviden, por favor, firmar la carta donde se responsabilizan de su error y juran nunca más cometer otro. Es decir que se comprometen a ganar, sin por ello tener que perder la cabeza en la primera curva del camino.

Amigos vencedores: adelante. Vayan y encuentren a la tal Fortuna. Amárrenla, secuéstrenla, tráiganla a punta de patadas hasta aquí. Y lo más importante: guarden siempre silencio. Que los supersticiosos sigan creyendo que la fortuna es una diosa etérea rica en veleidades, y no la máquina precisa y despiadada que sólo le sonríe a sus engranes.

Muera el politeísmo: *In God We Trust*.

Tetelpan, San Ángel, 2001-2004.

El materialismo histérico acredita deuda de gratitud para con los autores de los títulos parafraseados:

Leopold von Sacher-Masoch, Charles Darwin, Sergio Leone, Pablo Neruda, *Stendhal*, Nagisa Oshima, Sófocles, Jesús de Nazaret, Tomás de Aquino, *Molière, Rodgers & Hart*, André Breton, Mikhail Lermontov, Horacio Quiroga, Gustave Flaubert, Aleksandr Soljenitzyn, *Lennon & McCartney, Marx & Engels*, D.A.F. de Sade, Henry Miller, Milan Kundera, Federico Fellini, Thomas à Kempis y Anthony Burgess, entre otros.

El autor aún celebra los dados lanzados por Martín Hernández, con el equipo de producción de *Z Trazz*, en México, D.F., así como el consiguiente entusiasmo de *Ferreiro el Bueno* a través de su *Planetario*, en Montevideo, Uruguay.

Este proyecto, y no sólo él, recibió el entrañable apoyo de Federico Patiño y familia, amigos desde siempre.

El materialismo histérico se terminó de imprimir en
noviembre de 2004, en Litográfica Ingramex, S.A.
de C.V. Centeno 162, Col. Granjas Esmeralda, C.P.
09810, México, D.F. Composición tipógrafica:
Sergio Gutiérrez. Cuidado de la edición: Ramón
Córdoba y César Silva.

Certificado No. 02-2082